风物文成

慕白·主编

長江出版傳媒 | 长江文艺出版社

图书在版编目（CIP）数据

风物文成 / 慕白主编. -- 武汉 ：长江文艺出版社，
2023.8
ISBN 978-7-5702-3218-5

Ⅰ. ①风… Ⅱ. ①慕… Ⅲ. ①诗集－中国－当代
Ⅳ. ①I227

中国国家版本馆 CIP 数据核字（2023）第 115186 号

风物文成
FENGWU WENCHENG

责任编辑：胡　璇　　　　责任校对：毛季慧
封面设计：源画设计　　　　责任印制：邱　莉　王光兴

出版：长江出版传媒　长江文艺出版社
地址：武汉市雄楚大街 268 号　　　　邮编：430070
发行：长江文艺出版社
http://www.cjlap.com
印刷：武汉市籍缘印刷厂

开本：720 毫米×1000 毫米　1/16　印张：15.5
版次：2023 年 8 月第 1 版　　2023 年 8 月第 1 次印刷
行数：5710 行

定价：49.80 元

目录

CONTENTS

一封前世的来信（组诗）

刘谷雨

铜铃山的铃声

雨声被吸入潭水，树叶泄露根的秘密
散落的叶子，跌在地上
激起铜铃的回音

飞瀑捕捉我的身影，似比去年更消瘦
眼神保留清澈，勾勒石阶与石阶间
潮湿的不断漫延的心事

雨滴撞击风，山谷张开口的瞬间
从水波里挤出几声鸟鸣，一句一句展开
递给访客轻叩柴门的雷电

栈道，是悬而未决的绳子
从深渊里垂钓会唱歌的花朵和虫
好让恐高患者隐藏自己的孤独

在谷底居住，躺在流水的叫声里
我能够接住高处淌下来的铃声

安福寺来信

此刻，正是午后
安福寺的诵经声，滚动迷津
和眼泪，上香，磕头，驱散乌云
接受我并没有传诵月光的经验

而未被翻译的经卷上
据说有一滴水，旋转十八圈
才能被纳入大海，有一颗佛珠
打磨一千年就能带来好运

我深信不疑，忏悔，止语
学着自度，我能达到的世界
没有答案，打坐的风和降落的烟
都属人间尤物

念佛的人，也是念自己
即使口中不会吐出莲花，也能找到
极乐的自己，拼命步入“红尘”
红尘，赐我开光的念珠
赐雨停
赐一封前世的来信

7 月 4 日，暴雨
钟声，从竹林传来

再一次惊醒我

卖柑者不言

一首诗里，有庙堂
橘子的腹部，装着一座崭新的城池

我不知道我还活着
在自己的墓地前
我的眼睛，看得见
废弃的瓦砾、断节的竹子、倾斜的屋顶
我的耳朵，听得见
青田的阳光、南田的雨水、大明的刀枪

我把自己种在泥土里
呈上两百年前的宿命帖
说天大的话，算通天的事
我的珠孕在肉身之外
谋计人与草木互相篡位
本是我立志成为的自己
还有在门前的三分水田上
将纸上江山，写在时间的反面

墓碑上，三不朽的声音
我闻所未闻，那些年的柑子
金玉仍在其外，败絮已被掏空
《郁离子》之后的我

孤绝、凛然、老泪纵横
拄杖瞭望，另一个我

一颗文成的杨梅

众多的杨梅中，哪一颗得了善妒症
我无法诊断，只知道
这个夏天最炽热的表情
是你饮下我酿的绝情酒

月亮发呆，水草丰茂的池塘
鱼儿已不能找见自己的北
在我的远方，四季更替
只需一天

杨梅树移居在此，成了罪
李白的酒和西施的爱也成了罪
煮酒的素手，佐证
一个典故，一张绝世的脸

微醺中，白月光一杯在空中
一杯在水里，另一杯在我的眼眸间晃动
七月的风，把裙角吹了一遍又一遍
因爱而生，终生酸涩
从旧诗句摘取敏感之词
是我与一颗杨梅的最后交杯

红枫古道

压抑了一夜的欲望，在此刻迸发
树影在桥中央晃动，叶的形状圈住我
行走或奔跑，我比一段野生的风更忙碌
阳光流经峡谷，每一片渴望爱的叶子
都有自己的颜色，从水粉红到胭脂紫
从翡翠绿到金盏黄，潮水般汹涌

我能听见枫叶的心跳，如此清晰
昨日降雨，湿漉漉的鸟鸣
穿过树林，叫醒诗行里踉跄的人影
善意的问候让我止步，这一次
请原谅大多数人对于秋天的幻想

山石摇曳，黄昏的风
把叶子的青春，吹进一条红枫的山道里
雨声多么漫长，时间好似迷阵
烈酒蒸煮的眼泪
也可以稀释回忆

喝完这杯茶

一杯茶从泥土里出走，一张纸
就有了内容

早晨的光纤，在水中醒来
大雾聒噪，那么多闪电的伤疤
占领了这个仲夏，被雨水洗过的天空
波纹柔软，一直流到屋檐，流到地面
滴满我的建盏

在此之前，一首诗的题目
顺势而出，缓慢且有力
潜在酝酿多年的窑变中
沉淀为老故事坚硬的支撑
茶叶褪下自己的绿，只为让自己更绿
仿佛只有这样，才能恒温现实与虚构

现在，一些复活于沸水下的灵魂
成长在我的体内，从里到外将我淹没
一双采茶的手，更适于收藏褶皱
露珠在阳光里变幻釉彩
将死的话题，从诗句里蒸发
渐渐离开我的皮肤
阁楼、木几、窄楼梯与长走廊
茶水变浓后残留的积垢
再一次堆出一张纸的洁净
词语的深水区，时间静止
错过采茶季，不是我的遗憾
你说，一边写诗，一边种茶
是杯中的果实、脚下的路
也说，喝完这杯茶

茶树就会开花

坐在故事的对面

池塘里的雨把午后分隔得如此安静
一件红色的裙子，在廊柱与廊柱之间
缩小自己，仿佛旧窗棂被剪下的一角
黄昏正在逼近，大的雨从高处落下
小的雨从地面升起
这场景让我悸动，从旧地址开始
雨声绕了一圈才回到山中
那么多雨，没有一滴能厘清与天空的关系
过去和未来，互相遗忘
我和雨水，隔着闪电
迷上一个雨季，是不能言的秘密
我触碰这破碎、喧哗
从此岸至彼岸，找个位置坐了下来
为自己虚构一段故事

文成八景（组诗）

程东斌

1

洪水穿越和冲刷的力，不在岩石上
不在时间里，只在心坎中
壶穴生出，铜铃山的一颗心就消弭了干渴
采撷铜铃声和鸟鸣，养心
一个人的心中有慢慢塌陷的壶穴，就印证了
他曾经遭受过大水的洗礼
水落身外，清泉归隐
心中有壶穴，可请下月亮，做心灯
在铜铃山的壶穴群里穿梭，痴迷山水者
于壶穴里辨认不同的自己
隐于内心的人，在听心

2

劈下三面绝壁的刀锋，汇成大水
奔泻而下。刀锋过快，常常走投无路
一跃，成了天地的一则诏令
百丈的行文，有时急促，有时缓慢
需要一而再、再而三的诵读或呼喊，引人
观瞻或参悟。在廊中观瀑
若能撩开珠帘，能窥见神仙栖息的旧址

在高处看百丈漈，僧人会用一句经文
量出它的长、宽、高
而诗人会将一则诏令改成一首诗

3

云在天上飞，天空不空。云在湖里飞
湖里蜿蜒的事物与沉浮的镜像
就获取了翅膀
唯有座座小岛没有位移的迹象，等白云上岸
飞云湖的乡愁就有栖息的家园
等鸟兽聚集
颗颗宝石都会被爪痕镂空成乐园
岛屿，如钉子，装订湖光山色的册页
一只白鹭，都可以轻易地翻阅
像棋子，铺开的棋局等待对弈的神仙和隐者
一等，屏立的青山开始联姻
再等，云虹于水中产下籽粒

4

4500 多级的台阶是粒粒足音堆砌而成的
足音在，古道琴键的紧绷之力，不散
听琴音的枫树，慢慢长大。一边擎起日月
一边将日月请进血肉的年轮中
听懂琴音的枫树，释放心火
让每一片枫叶都来赋形火的纹理与籍贯
直至将枫叶烧成一枚枚古钱币
烙下文成的年号。行走于红枫古道的人

伸手抚摸一片枫叶，天空的云霞就获取了
他的体温和指纹
俯身捡起一片枫叶，可沽取乡愁的炭火

5

在猴王谷，人与猴混为一谈。人说人话
猴说猴语，中间迂回的山风
逐一穿透了语言的壁垒。最初母语的滥觞中
回响着断肠的倾诉与相逢的喜极而泣
几只短尾猴与人群握手、嬉戏
在我掏出果子的时候，几只猴子
倏地跃上了我的肩膀和头顶，我顿觉自己
变成了一棵血流涌动的树
在一只猴子跳上我的头顶时，我确信
自己长高了。与青峰对立，猴子是我的峰巅
也是那座青峰新的高度

6

在峡谷景廊喊一声自己的乳名
岩石、碧水、山峰的回音，各有不同
将多种身份的自己
放入橡皮艇随波逐流，我会在一步一景中
遇到自己。碧水潺潺，我看到孩提时的自己
在捉鱼虾。水流湍急时，搏浪的我
神色坚定。当漂浮于一汪净水
我似返回到母亲的羊水里
漂流至一堆乱石前，乱石请我绕道

我请乱石入诗
请乱石上的清流入我未完成的一幅画中

7

如龙似麒麟的山势在凤求凰的情意中
打开一方秘境。青山拱起了
麒麟的脊骨，翠湖的碧波搓洗神龙的鳞片
灵气蒸腾的风水宝地，庇佑着畲族人的家园
溪水在石壁上撰写畲族人的家训和谚语
写了千万年，笔意的黄金潜入了石头
金壁滩俨然成了金质的丹书铁券
金壁滩怀抱的黄金，很硬
没有留下尘世中的任何一枚脚印
金壁滩放逐的碧水，很软，一匹丝绸的光亮
声名远播了龙麒源的镜像

8

月光洒在月老山的湖泊上，湖泊
就变成了海。与心爱的人泛舟爱情海
才知道月光的浮力
可以托起我心底那句羞于说出的话语
将天上月和水中月合成了一句诺言
你我就获取了爱情的度牒
登上云顶观日楼，一对有情人在等待
月老山捧出的一枚鲜红的印戳
印在两颗心上，两颗心就同谱一首曲子
印在爱情的册页上
册页里的月老山，就可翻阅一生

鱼腥草（组诗）

立杰

密　道

在文成
去百丈漈的路上
途有瀑布包裹的幽径
经过的人从水洞里钻出来
被突然洗礼，水雾中不断传出惊叫

回途，导游带我们走了一条密道：
绕开它需要爬很多陡峭的台阶
还有被绳索拦住的原始块垒
苔藓鲜活，令人心动

一块竖长的石头夹在两块巨大的岩石之间
站到旁边看，像少字的上半部分
那条蜿蜒的密道
成了它下半部分的那一撇

旁边丛林密布
年轻的肩头，落满了鸟儿
厚实的、毛茸茸的羽毛

观鱼记

雨中。鱼跃三尺。
众人隔水观鱼。
鱼被四面船只包抄
堵截，一个结实的大网罩住了它们

然后晚上吃掉它们——
有人小声说。
年轻的孩子在为它们的挣扎跳跃
发出惊悚的尖叫

有人冷漠地看着这一切。
有人看到了水花，
鱼惊恐飞身跳跃
激起的湖水和
千米高空落下的雨水相互碰撞。
有人随着船身轻轻摇晃。

雨水响亮地敲打着湖面。
湖面盛住了满山的青翠

也含住了眼里落下来的水
和层层包裹的
寒冷的心脏微弱的跳动

还有，跪在长椅上的双膝
冰凉的双手合十的祈祷

鱼腥草

在包山底
幽静的竹林小路上
那么多开着白花的鱼腥草
散落在路的两旁
它们不知道
自己是价值不菲的药物

它们的提取物，
注射在肺俞穴上
就能治疗呼吸哮喘

它们的身旁，还有带着花边的紫苏
唱着歌儿一样藤蔓旖旎的落地白
一抬眼就看到了
藏在叶片中半个面孔的杨梅

它们连同那些
从山石间啃出来的地块上
种出的茄子、豆角、洋芋
一起，养活着包山底

成为热爱着它的

傻子们的故乡

在安福寺雨中听禅

在安福寺，达照法师引众生禅修
进门时正微雨，殿堂更显安静

忽门外雨声大作
雨水敲在香樟叶上
落在青石板上
把安福寺衬托得更加静谧

听禅入定，
恍惚竟不知自己身在何处

凝神看见达照法师身后
一枚晶莹剔透的仙童
目光正一动不动望向我

殿外，还是原来的人间

我愿意再次回到一场雨中

韩润梅

雨中，路过安福寺

四周是烟雾缭绕的山峦
我想起李白的《梦游天姥吟留别》，总感觉
我们走着走着
就会有列如麻的仙人
站在路边，做出一个请的姿势

越过一摊水
在一个拐弯处
影影绰绰地
有房屋出现

我总想用看惯风沙的眼睛，来发现
用一颗苍茫之心来揣度

有人说：那是安福寺
我们注定不能在这里停留了
想象使事物得以存在、变得丰盈
回忆使折断的时间接续。车子
在缓缓行走

车上是三十多位诗人
慕白老师说
住持是一个玉树临风的人
我想起了王维
和之前提到的李白

雨淅淅沥沥
在车外下着

烟雨飞云江

这里的雨像烟雾
在飞云江的上空悬着
好像比别处的落得慢
一些，轻一些

远远地
山置身于烟中
仿佛雾是更加具体的一件事物

我们租了一条船
置身于江中
我是北方人
总有点担心
又有点兴奋
从一个人手中

接过来一枚好意的果子

天空是灰的
浸泡在雨中

百丈漈遇雨

针尖一样的雨滴落下
落在手上、脸上
当你弯腰捡拾一些细微的事物
也会落在裸露的脖颈上
不打雨伞，你可以充分感受它的沁凉

台阶上布满苔藓
但你不忍心踩它
你会找一个可以下脚的地方
石头的路面湿滑
也许你会不小心摔倒
但总会有人过来扶你一把

喜欢这逼仄的爱和幸福
一漈太过高远
三漈又太过宽阔平坦
显得平庸而没有智慧
在一漈前
我们只拍了一张照片
我风寒的腿

到不了那里
穿越二漈的凹槽
我想到了猴子们的水帘洞
这是何等让人
神往并想长期住下去的地方呀
一条水帘子
挡住尘世的喧嚣
昼夜不停歇

雨后红枫古道（之一）

雨过天晴
枫叶铺在一条古道上
仿佛那红和古道
本来就是一体的

好像这探讨的
是一个同一性的问题
我们不能
人为使它们割裂
应该允许它们一同建构一个古意

走近了
发现那亮晶晶的
是枫叶上残留的雨滴
事物的美
其实就是这样

远看是一种
走近了又是一种

如果用诗人李元胜的长焦距摄像机
拍下来，可能是另外一种
大大的雨滴
在红叶上
像一颗滚动的泪珠

总要捡几片落叶
回去，才不枉来过
就像我来过了
总要留下自己的脚印
和一小片心思

雨后红枫古道（之二）

我蹲在枫叶旁
细细观看
这些爱美的长成花形的叶片

枫叶红红的，围着我
也在观看我
这个远道而来的、风尘仆仆的人

枫叶被悠远的气息浸润
散发着古老的芬芳

每年往返于枝头

和古道，它们看出我

面带倦容

还没有活成我自己

枫叶也往返于

绿和红之间

它们很从容，也很淡定

这是一个人生道场

来的人都会

带走几片落叶

文成的文脉（组诗）

陈墨

头顶星星

——兼致刘基与《郁离子》

一个江南才子少年得志
怎么可能不梦想
我瘖痳着总感觉到
你的实体在我上面
是让我缄默吗
你的大厦露透极了
并看见了
头顶的星星

这是多毒的侮辱
你一退再退退出庙堂
口不言功而隐于山林
你生活成了未来的寓言
你作为人世隐喻的镜子
我顺从河流
一边舟航沧溟
一边在无主的天象
和你一样我是

风雪的千万孤独

这一生究竟万汇于牢笼
你的君主你膜拜错了
在你乞骸还乡的出生地
我观察到柏树那边
你内心箭矢
就像其中落叶
颤抖并摇摆着
投进了清明的明火之中
你的焚烧是现在的我

刘府祠九章

1
一个人离开，成为雕塑。
他和他的石头那样不朽。

2
一首诗在语言的寺庙里。
一个人在他身后的祠堂里。
一个神明在高高供奉的神庙里。

3
围墙包围了你波澜的履历。
石头刻下了你骑鹤归来的神态。
寓言预知了你火焰的未来。

4

你的未来，

在逼窄的三角梅花中，

开放出今天的暗香。

5

《郁离子》的你，

现在是石头的你，

和试剑的你。

6

这样碰撞的目光：

我和你肩并肩同行

一起走进黑暗的空隙。

7

这样世代的授予：

就像蜜蜂和油菜花，

来自无穷的酝酿，

和无尽的痛苦。

8

所谓“三立”意义：

在人世的课堂是一支

直立着你歌唱着你的粉笔，

它不断地磨损着你

无所不在的灵魂。

9

天赐予文成这样的文脉：

在有草有日有土的那边，
是你寂静的摇篮。

两行诗：百丈漈

给我悬崖，我是站立的河流。
给我深渊，我追求它唯一的巅峰。

四书：给铜铃山

蔡英明

七行：春天，在铜铃山

在春天
昆虫可以寂静可以聒噪
果实抛出去的弧度
准确地，击中了孤独
美丽的银河出现在夜空
那些无可释放的光
一下子有了去处

晚安书：月光下的铜铃山

天鹅把月光
掰成银白的两片
天空用绸带梳起长发
那没梳起的，落成枝条垂在河边
蜻蜓穿起绣花鞋
花儿抬起一千只轿子

这场山雨，欲言
又止——

有什么在夜空中
产生无形的重量
在明亮的边缘，鸟喙
停止在草尖。那个瞬间
整个湖面震荡
隐匿在所有的光里，是宇宙
是时辰，一种更大的秩序
笼罩我们

家书：怀念那群羊

羊群在嚼草
天空慷慨地把时辰洒向万物
蟋蟀竞选村长
草叶成为绿色的家书
雨把微风挥毫的字迹染湿

在模糊的虫鸣当中
你唯一能听清的
是来自落日的启示

许多瞬间在发光
铜铃山把它身上的事物
悄悄搁在
更淡的余晖里

情书：从布宜诺斯艾利斯寄往铜铃山

光明是一种精确
把几亿年的孤独收成一束光
相传一个德国人发明打火机
孤独变成了瞬间
火光，闪烁，熄灭。一闪，一灭
而当芦苇汇聚了所有的水分
站在河岸的尽头
仿佛宇宙的原初形态
那种熟悉的感觉又涌现出来
在铜铃山，太阳不是 360 度
它缓缓旋转着古老的光线
小麦色皮肤的人，少分点阳光
而寂寞的人，多分点阳光

在铜铃山，你能够从一棵树
联想到数学公式，鸟鸣是加法
潺潺流水是约等号
在赶上铜铃的晚钟之前
你得先熟悉一座桥，从它身上走过
按动博尔赫斯的门铃
取一份面包，读一份报纸
隔着 200 年，隔着 10204 海里
从布宜诺斯艾利斯到文成铜铃山
那段距离是美丽的寂寞

45 亿年之后

地球也许仍然存活

那时，没有孔子曰，曾子曰，老子曰

最古老的秘密

隐藏在火光中，闪烁，熄灭

最早见到你，仿佛是那新鲜的露

一闪，一灭。是初恋

也是马上

消失的爱

文成杂咏（组诗）

葛筱强

夜宿铜铃山

我和小瑶池的秘密交谈
还是被突然而至的雨声打断了
我不知道，远处山寨的灯火
是否会穿透夜色中的树枝
让叠翠的飞瀑成为不为人知的
流云，我只看见一个陷入沉思的
长发浪子，带着时光的请柬
坐在山水的门槛上
以绝美之夜重新命名的
清澈之心，喂养后半夜
抵达山顶的明月一轮

从诗中抵达百丈漈

现在，我要说出一道飞泉
穷尽毕生跃过的全部隘口
还要说出只有少年才能看见的
满目湖光，之后再用白鹭
惊起的梦境，在诞生童话的

明信片上，染一团团云雾
笼罩的山色；而三漈的浅潭
不容许我忽略和遗忘
她以动词生长出来的寂静
和怀抱中青色的黎明
正为我次第打开长亭的
温暖相聚，短亭的
漫长告别

为刘基而作

让不可能的成为可能
或让一个朝代从一座村庄出发
拐了大弯的人，终于被时间容纳和宽恕

此为六百年后，诚意伯祠的檐角上
天朗气清，风烟俱净，让我终于相信：

一切数理或为天命
而一切天命不过是苍狗白云

在天顶湖，答诗人慕白

多好啊，在来到文成之前
我总是在你蔚蓝色的诗句中
读到一座大湖的安静
以及湖心岛赤砂铺成的

落照与苍烟
而在抵达天顶湖之后
我又在你沉默的酒意里
看见一只野凫扑棱棱掠过
湖水倒映的长庚星
它用并不引人注目的双翅
拍打出的夜色，需要我
动用后半生的全部深情
将其封存

铜铃寨一夜

不要再谈起生活中那些
令人不快的枝枝杈杈
也不要再询问我无足轻重的
姓氏和半生走过的歧途
今夜，我只想在一只巨石做成的
铜铃之下，把瓦片当珠宝
把碎陶当神恩，把清洁的双脚
插入流瀑溅落的月光里
让睡梦只是睡梦
让前世就是今生

铜铃山断章（组诗）

梁梓

不久以后，我开始想成为一个艺术家，
替那些印象发出声音
——【美】露易丝·格丽克

铜铃山之铃

循着声音而来的人，被天籁所吸引
神秘是种干净的吊诡，又如最初的语言
而正是语言的呼唤，让你得以发现
“在葎草细小尖刺里匍匐的自我——”

怀揣答案，走进铜铃山水的方程式
你无法配平，也不能像一滴露水
滚下草叶时获得决绝与孤美……

你不能言。也不能像山打开的缺口
看起来井然有序又别开生面
它们哦，只是在自身中安静地显现
就稳妥地打开自己的异彩纷呈
相比之下，而我不能……

草木颂

当一棵幼小的蕨类把自己举高、索骥
我知道，它所费的力气并不小于一棵香樟
拾级而上，我感受着来自地心的引力
和海拔的系数的加增而凸现出来的动势

是不是自己越是渺小
就越能感受到身后的巨大背景的衬托？
当一株闪耀着淡蓝小花朵正打开自己
仿佛庙宇打开大门……

这一刻，我不再是我，弥散于草木之中
我不知道：我是那枝头闪耀的锯齿
还是堆积在枯黄里泰然自若的松针？

云雾决

这些裸露的内脏（山岩）示我以坦荡
仿佛这，才是我所缺失的教育？
一块块心肌符合坦荡的质地
而云雾抚慰，这是一副鲜活的器官？

毋庸置疑，我曾见过最美的波纹
我也知道，它若单独存在将毫无意义
一如阅读兼具铿锵或柔和气质的文字

它的美来自这一体性的场域？舞蹈？

我不停猜测它展示给我的用意？
直至我看见一棵被拦腰折断的巨树
看见在脚印里躬身而起的小麦草
我知道它们比我更有气质
而我能做什么呢？

山水诗

于巨幅之作中找一个准确无误的落款？
除了腾身而起的鹰，还有什么更贴切？

巨大的竖琴之下
赏析一幕独有的莫扎特抑或是肖邦
该怎样预备好自己的耳朵呢？

茫然又愉悦。是的，谁说不是呢？
此刻的铜铃山和你相互等到之时
一种修正便以灵魂析出
始以肉体和灵魂的互注和解与净化为终

是的，跫音茫茫，跫音茫茫
在铜铃山，何物不是琴键？
又何处不弥漫着朴素的乐音？

飞瀑引

纵身一跃的决绝。破碎之心
——与大花弥漫指向枯萎者何异？
这碎银如何估价？使用者是谁？

安静之心被彰显，以诗的形式？
不安之书被编纂，以另一种睿智？

是！无论是谁来，谁都会进入章节
谁来，谁都会明晰：在铜铃山
所到之处，遇见皆是益友，是导师

高悬的并非门帘，而是窄门！
来自自然派系的多媒体，向你展示：
我们该如何以肉体的磨损
锤炼透明的灵魂

神　话

像是夜空等到星座。头颅等到王冠
在铜铃山，每一处刚刚好。
注释微妙，像是昆虫的脚踝碰到草叶

每一处韵脚。有着比从蕨类植物
上跌落的雨水更好的音色

铜铃的虚无之声飘荡——

如云朵抚摸山岩；如一首诗，等待读者
坦然自若又忠于消失的诸物在启迪
此刻，我已在永逝之中？可我知道
滚落悬崖的水滴会变成明天
铁线蕨上的澄明的眼睛

有　问

在铜铃山，我所有的答案变成问题
信仰变成露水，我多么善于遗忘？

我没树墩忠诚，它紧抱洁白内心
也没有一棵小草有力气，我的顽劣与童贞尽失
你看呵，它一次次把风摁倒在地

我比一滴水还茫然
它在水的系列，有条不紊，晶莹剔透
我还远远没有遇见在更远处回应我的人

我还没有写成一首诗
却被众复眼所注视，我来自哪里？
此刻，我作为一个真正的异乡人

鸟鸣经

鸟鸣堆积，仿佛因热力自燃并引爆寂静

我以太多的忧伤，分解着生命的热忱

此时松针缝纫天空的裂隙，有条不紊
小坚果是温柔的子弹，谁在瞄准？
——谁不避不闪，没有丝毫的恐惧？

谁在这天地之间颐养天年？乐此不疲
我艳羡这些有坚硬之喙的鸟族！
吐露的乡音，竟比我的语言纯粹！

此时，仿佛我已然老去？又数次醒来？
我要刻录下来自我的一种异质的叫声？
每一声都是刀劈，每一声都是斧凿
它们哦，正把一只“我”之鸟还原于山野中！

在文成，和刘伯温山中对弈（组诗）

谢健健

百丈漈

白练。
逐渐靠近的光和水雾
泉声堆积，
架构出虹桥
接引夏天离去

秋兴。要先从水帘洞
走过，注视瀑布另一面
注视宏大的对立语义
直到看见情人温柔的脸

百丈漈从来没有如此寂静
在煮茶至沸腾的时刻
人声平息：
有一只秋鸟，涉水入洞来

从来追寻山水宏大的人，从秋鸟
抖下的水雾里，窥见了群山护子的羽翼

好大一棵树

这棵树太大了
树干挺拔却无刺天之意
就像这初秋的悬泉
浩荡且无休无止

它融融的青叶聚拢合盖
显得分外宽容，分外动人
挡住了七月半的元日
庇护着，入山出山的人

人可安适如婴孩
在山道中的这棵大青树下
这棵刚经历了台风的大树
依然蓬勃而肆意地伸展着阴影
庇护着入山的男人、女人，好人、坏人

真是好大一棵树

作为工具的马

在山路边，我看见了马

一条小路，狭窄如我的眼界
货车在山脚停靠，只咆哮发动机

像是我们内心的一些冲动
受制于软弱的躯壳

这时，作为工具的马登场了
不同于书本里的名词
“日行千里，疾驰如风”
它的马鞍两侧只停靠货物

作为工具的马
第一次不在餐桌上出现于我眼前
一些偏僻之路还需要它的
马蹄沉稳落地，不扬起尘埃

并最终代替我们，爬上山顶俯瞰：
那壮丽的河山，再次向我们驰来

天顶湖

登山最遗憾的是未到山顶
未从最高处向来者致意

不至之地保留了所有神秘
只留下名字，违法的游船印象
像是峰峦本身的定义

此刻飞瀑仍在连绵落下
这不绝的瀑布

在源头处
有号称天顶的湖，永不停息
像我未曾见过的
永不熄灭的星辰

在文成，和刘伯温山中对弈

从百丈漈到诚意伯祠，或者刘基庙
炽热的夏游神一路追随着
我两手空空，只背着一副残局，
像是打了败仗的王，回山中去请军师

南田旧镇，《郁离子》的经文还在响
我在庙前布下处境，请神算子指引前路

那些六百年的牌匾为子，落在我背上
平天下三步：立德，立功，立言

我的天下是日渐衰微的汉语

神睡着了

从百丈漈回来的路上
神睡着了。一些关于山水的
神性，在我肩膀落下。
我所热爱的一切都美如神，
并正在睡去。一匹飞练

还未剪断，瀑布还在落下
落在望峰熄灭的心上

现在神和凡人没什么两样
她头慢慢滑落，从我肩上
一直滑到我胸口
如果我不回忆起岭上多白云
她将无限向下滑落

在神睡着的时候
我以白云为她织梦
我们确信云层后是山水之神

在文成（组诗）

海湄

1. 百丈漈

有树就够了
还有水，水动起来，山就活了
风，跟在百丈漈瀑布之后，风吹什么
什么就飞起来

百丈漈下，是白云湖
白云湖的竹排，像绿绿的丝线
牵着一波一波雪白的浪花，不直也不弯
既是挽留也是召唤

2. 作画

想象，一支笔
在白云湖中蘸了蘸
蘸到了桃花，也蘸到了梨花
蘸满夕阳，也蘸满朝霞，面对铜铃山峡
得到了白驹过隙

天顶湖

四野之下的另一种醉
是对着朱阳九峰酣畅淋漓的挥洒与泼墨
泼出峡谷景廊，浓浓的爱
却不是爱情

3. **在峡谷景廊跳舞**

沿着峡谷景廊跳舞
一个人踮着脚
跃动的、附和着忽快忽慢的舞步
是缥缈的快感

在很长的白天
鸟来了鸟鸣，蝉来了蝉鸣
绿湖与黛色交织之间，开始是瀑布的激烈
后面是湖的温柔

一个人踮着脚跳舞
所看到的峡谷景廊，在山水在的地方
你默默地朗读，让诗意唤醒每一个笋尖
哇，你听到了破土的声音

4. **与树叶同在**

被目光挽留的绿色
是不会落的，一部分冬天的绿
被春天掩在身后，一部分春天的花蕊

被水留在水中

文成的绿里
含有大片的积雪
文成和灞桥有同样的积雪
同样的风，让两地的绿色哗哗作响

文成的路，像灞柳在摆动
我想到毛茸茸的柳絮
在他的脸上斑驳，想起他挥别的手臂
和我说再见时一模一样

5. 碰到的

我喜欢一个人
沿着路，山路、马路、乡间路、羊肠路
也会无路，无路时有点慌张
向往人间烟火，或神仙
降临

我踩着茅草、芦苇、枯叶、干树枝
或蚂蚱，或三两只惊飞的鸟
总之，我的脚步向着路
有点残忍和决绝
有点快捷

当我开始理解山峦

我就去了文成

文成绿色的山峦像温和的哥哥

他带着初恋的羞涩，带着陌生的感动

——拥住了我

站在山巅，立志为水（组诗）

北琪

百丈不只是高度

这里的水，于无形中
演绎雄伟，创造神奇，书写幽静
让百丈成为高度，成为深度，还可以
成为宽度

三千尺清流，带着神的旨意
来到人间，将天与地洗涤
于悬崖峭壁间
制造雷声、清风和彩虹

二漈和三漈，就像长者和智者
时刻提醒一漈，要有
深厚的底蕴和宽广的胸怀

岁月有时落满灰尘，有时风雨飘摇
我们的笑脸捧出灿烂，还有疼痛
有时，一个转身就拔掉了
身上的刺

百丈不只是高度，于是那里的人
实现了一统江山的理想

朱阳九峰

从山上走下来的人
平添了几分仙风道骨

白云让天空开满花朵
我的心思飞上云端，重新规划
一片蔚蓝

每一块岩石，我都要认清
它们的纹理
每一朵野花，我都要
知晓它们的花期

一株荆棘刺痛了我，它一定是想
让我记住它的名字
或者防止我错走一步

当我叫出每一座山峰的名字时
忽然有了牵挂

仰望天顶湖

只有内心纯净的水

才可统领群峰

山峰托起一湖清水
一湖水温暖一群山

逆流而上总能抵达源头

照耀湖水的阳光
还在原地，等我路过

湖水一如既往
安详、虔诚

等我参透一湖水的心事
已是落日辉煌

铜铃山上

这些树集体耸入云天，却始终
紧紧抱住大地
它们准备了鹅黄、嫩绿、碧绿
还有湿润的空气

每一棵树都在试图展示
自己独有的气质和风骨
又无一例外，那样热情
拽住我的衣袖

树叶的缝隙透进一丝光，照亮一棵草
再透进一丝光，照亮另一棵草，还有一丝光
正好够照亮一张纯净的脸

今天，我把一棵棵树都认作故人

这片森林已被风吹得心潮起伏
却没有一棵树
忘记过去的交情

看不见的负氧离子
早已涤荡了我的心肺
我把身体里的暴风骤雨清理干净
换上清新的空气和明媚的阳光
像一棵树一样挺立

壶穴瀑布

那些水从来不一意孤行
它们懂得在潭穴停留休整，然后
再出发

它们知道何时需要急流
何时需要沉淀
匆忙的脚步，一点一点变得
稳健而坚定

并相信水滴石穿

每一滴水精诚合作
一次次忽略风声和雨声
用飞流直下，在天地间
写出一首千古绝唱

新绝句·铜铃山十二时辰（组诗）

云立

序　诗

铜铃山上，一朵云停在另一朵云上，这很像是隐喻
但乱了的是风，急了的是光阴
此刻，平静下来，在澄澈的阳光和山峦叠翠里
每一个人都可以领受到一座山对美丽文成的抒情

夜　半

这是从四面八方赶来的夜，都想跑到这山水的文成
去做铜铃山的邻居
多少风尘的欢乐和自由，一座山秒变星辰的卧榻
清风为引，任何的声音，仿佛都是一场唯美的破绽

鸡　鸣

星光之下，一座山这亮一些那暗一些，都那么自然
这成片成片散落于月光中的诗韵
仿佛扇动着翅膀，任何东西都不能阻碍它们的飞翔

自由于此多么重要，像一声清啼把内心的灯盏擦亮

平　旦

揽清风明月入怀，一座山的精灵们仿佛在窃窃私语
每一个人都可以轻得像一阵风，像一片浅浅的黎明

置身铜铃山的万籁寂静里，我甚至可抛弃富贵功名
活成这铜铃山峡、小瑶池、铜铃寨等等的一缕缝隙

日　出

多么令人敬畏的时刻，我愿意成为铜铃山的一部分
借一座山，去文成爱一个人
用铜铃山之上，那喷薄而出的红日，去爱你
去爱你——仿佛这是我的全部，仿佛我漫长的一生

食　时

是的，我必须承认，爬上铜铃山才能表达一个俗人
对一座山的膜拜
我要备好纸和颜料，备好充足的体力，以绿色为主
深呼一口气，描绘一座山，是如何淡泊地接近天空

隅　中

铜铃山上，天那么纯净，云那么虚幻，每一个眼神
都是这里可以飞翔的翅膀

看着一粒粒斜飞的阳光，我要在这：比喻一缕清风
借一把琴，弹一弹铜铃山在云端递出的伟岸与奇绝

日　中

此刻的天空，让铜铃山层层叠叠的峰峦，苍然云表
那么多阳光化作了液体在这里流动
山石草木在自身之外，又在自身之中，让多少羡慕
不止为山上的峰峦叠嶂，不止为山里的碧潭、奇岩

日　昳

西斜的阳光下，铜铃山上，我看到一种极好看的绿
仿佛是从峡谷、怪穴里蹦出来的
满眼蔚蓝的天空下，一切世俗的欲望，变得多余了
甚至，连同这美的表达，都不及成为这里的一棵树

晡　时

索性，把铜铃山提炼到心里，那些草木流溢的芳香
仿佛随时都可以，让我在一片绿叶里安妥一颗诗心

阳光下，看着一片绿叶，新生，进入了整个铜铃山
一座山闪烁大海一样的光芒，做出了她最好的判断

日　入

时间的巨大拷问之下，落日像有一对大自然的眼睛
面对远处文成迷人的昏茫，铜铃山带着自己的铃声
放下了身段——
用一生的山水拂下灰尘，把草木刻进了自己的灵魂

黄　昏

也只有站在铜铃山上，我才知道：一个人可以远眺
把心事托付给清风，把生活的繁杂丢给流水
看着远处，匍匐于文成的山水、草木……渐入佳境
我要小到文成的一种构成，小到铜铃山的一片绿叶

人　定

夜色下的铜铃山，没有月光比你这的月光更迷人了
当清风拂过一粒粒山水的乡愁
我要把尘世多余的欲望洗掉，纯粹着
怀着虔诚和敬畏，把一座山放到离心坎最近的地方

铜铃山水（散文诗）

王微微

1

深潭静默，浅流潺潺。

铜铃山水，从洞宫山脉峡谷之巅轻盈走来，明眸皓齿，巧笑倩然。

纯净，是她的名字。

2

山风温和，低语呢喃，说山水的清澈耿直，说幽潭的淡泊平静，说暮春的落花流水，说万物的轮回流转。

老叶簌簌飘落，做着永别；新叶粉颈细腰，枝头弄舞翩跹。新生命从落叶苔藓间拱出细小的身子，探寻人间清明。

红豆杉、杜仲、金钱松、鹅掌楸、花榈木等等，它们根须相连，站成峡谷深涧密林，恪守肩负道义的诺言。

黄腹角雉、短尾猴、穿山甲、娃娃鱼、白鹇、黄嘴白鹭，它们是铜铃山水的主人，它们和谐相处，秩序井然。

3

铜铃山水独辟蹊径，自成壶穴幽潭。

她行走一程，就停驻小憩一会儿。那千年壶穴，是谦卑，是思考，是总结，是生命的长度与深度。没有休止的自净，填补着大山的沟壑欲望。

她囤积风雨，囤积孤独，囤积力量，面壁而立，抵挡尘世的诱惑。她日夜修炼，细细打磨，一把壶的讲究，一滴水的辽阔。她用一弯浅浅的笑意，洗涤你内心的喧嚣，缓解你跋山涉水的疲劳，沉淀你半生的痴迷浑浊。

临渊照影，游鱼细石清晰可观，湍流雷鸣震耳可闻。谜一样的华夏壶穴奇观，在铜铃山里，端的是明明白白、坦坦荡荡。

4

铜铃寨遗存的黑瓦、泥陶隐含昔日剑影刀光，那是元末农民起义军毫不含糊的故事片段。“藏金洞”藏放珠宝，也珍藏历史，在山水里隐隐发光。

畲族姑娘跳起灵巧的竹竿舞；草地上禾本科植物开起了各色的小花；昆虫扑扇着翅膀，忙着沾花惹粉；山雀站上红豆杉的最顶端，左顾右盼；蝴蝶成群结伴，时而在树荫下交头接耳，时而在溪涧边埋头啜饮。小瑶池碧波清漾。

这里山风清秀，溪鱼清秀，树木清秀，连滩上沙石瓦砾都是清秀的。在纷纷扰扰的尘世里，保持清风明月，是何等的洞明、智慧。

微冷的潭水里，游鱼们是不是“一直都在暗暗设想”，天堂，应该就是铜铃山水的模样？

5

废弃的老高岭头水电站依然兀立在山谷，那是用第一缕灯火写就的电力史简书。我的父亲曾经在这里生起茶饮、俯仰天地，那一壶铜岭山水，泛着一位老水电工人的纯净执念。

瀑潭激流旋冲而下，坐在门口石阶上，你能听到震心慑魂的声响，那声响，仿佛是老父亲当年一次又一次的召唤——

他说，回来吧，山水没有谎言，只有真相，真相就是青天白日下云的自由、水的洁净、草木的泰然自若。

伫立。沉思。

你说，还有多少声音值得我们停下脚步，竖耳倾听？

夕阳挂上山脊，余晖涂满了山腹，转眼之间，热气腾腾的山谷骤然空冷，而我的内心，却满满当当。

铜铃山水是从来都不会空的。

抵达铜铃山（组诗）

王玉玲

抵达铜铃山

抵达铜铃山的路径有很多
比如云朵铺成路，爬上云梯
心于身先行

掸掉身上的浮尘
先把肉身和世间的虚浮放在山下
去山上，和草木借从容，和流水借豁达
在铜铃山修炼一段潜心静气的时光

山上的石头都是打坐的仙人
它们胸藏气象万千，又沉默不语
用光阴的灵气，在暗中度着庸常的你我

一朵云总会追赶着另一朵云
一棵树总去仰慕着另一棵树
一个人的俯身拜望，就是拜访自己的前世

那些树命、草命、人命
都是尘归尘、土归土的一段旅程

俯下身子，和每一株野草交谈
每一株野草的身体都发出生命的呐喊

不谈敬畏，无关欢喜
只带着灵魂，和铜铃山的万物
做另一种意义的行走

百丈漈，让活水流向身体

躲避人群的嘈杂，来到百丈漈
巡查，出窍的灵魂，逃离的肉体
在纷杂的世间
引导水流的天籁，回到荒芜的内心

寻找多年不归的宁静
去听流水撞击落地的声音
感受万千水珠舍身涅槃、重生为海
我有怯意，藏身崖顶，不敢跳出生命的桎梏

在百丈漈，动员一个人的思想站在高处
让石头的顽固与流水的奔突，和谐统一
于水流的耳语中，舍身的水滴落在大地
把天地之间的活水引向身体

安福寺之夜

安福寺的夜，不谈世间的碌碌无为

不谈时间的流逝
只安度此刻的静谧感
把行囊里装满风尘，和残缺的诗句
像一个行吟归来的故人
那些灰尘已躲在诵经声之下
又有谁不会在安福寺里，安心、祈福

那些捻着手持，兀自诵经的人
在一个空间里相遇，我们互相打量
如被无形之手带领，从凡俗的生活中
被拽到安福寺的一页经文里
如同来到空幻之境，一日亦是一世
我离开后，隐身人海
你在佛前，隐于寺

隐于铜铃山

隐于铜铃山的阳光，和草木一样安静
也想和它们一样
呼吸天地间清纯的空气
避开喧闹，独享一个人的辽阔

不想用一些虚假的词
再对草木，纸上谈兵了
得回到它们中间去
俯下身，以谦卑的姿态
去互通生命的气场

阳光在不远处接应着
草木的柔软，为我打开一条通道
人群里的话，适合少说
语言里的刺，适合摘除
唤醒内心那个慈悲的人
和铜铃山的草木一起
在大地上，安神、静坐

小瑶池

站在小瑶池前，在一种气氛里驻足
仙人在此沐浴，这只是一种词语的隐喻
那么多的传说，都在尘世间，寻到了归宿
你不能去追问仙人的消息
山上的石头不说，山下的潭水也不说
这只是，一种美好和另一种美好，遇见的地方

从山上穿越的风，带来冥想的气息
山上的水，前世有太多的波折才在这里流连
才愿意回到石头里居住
回到命定的本质中

细细的水流从山上倾斜下来
水滴在石头上，写下一些古老的经文
山下的人在那些文字的传说里
停下来，歇歇脚

把心中的石头，交给一池水
可以寄托的心事，交付给一座山

一滴水

一滴水的跌落
一次生命的漫长旅行
把铜铃山挟持的万千水滴
打磨成一块硬骨头，落在瑶池里
天人在池中沐浴，修仙的水就有了一种气质
光阴庇佑一池水
灵气，灵性。是天地的神秘赐予
种种传说，像池子里的水滴
在一方土地游走
与时间对抗的水，物我相融中
包裹着一池水的灵魂
让传说和生长，同时进行

山上的鸟们

住在铜铃山，就得安享一座山的安静
在树上织白云，在风里唱歌
衔树枝和自由筑巢
歌唱爱情，生儿育女
山也动容，为它们绿满山头
鸟啼声声——
一声爱，一声自由

这些鸟们，四处乱飞
对未来，不管不顾

在铜铃山，寻得草木心

铜铃山是清净的
每一处树荫，都藏着一种幽秘
来到山上，坐在草木的身旁
我要和它借胆量，春风吹又生的决绝和倔强
在一棵草面前，看到的是自己的影子
火光中的破碎和重生

虫喃、鸟鸣、流水的诵经声
和山里的隐藏的仙人
让清净又增一分
树影拖长一寸，清净就显出它的无限阔大
它控制着整座山不被喧嚣占领
它让每片叶子碰撞着，互相交谈
来展示清净的本色

我是问路人，我无语时
清净就从林幽间跳出来
让鸟鸣和我对话，此时，不想聒噪
我想做个失语者，保持和清净一样的本色

在武阳

在武阳，一个人可能成为一座庙宇

也可能成为一条河流
从明朝浩浩荡荡流过来
在这里无论流或者溯
一个叫刘基的人，都要抵达它的岸

运筹，帷幄，写诗，著文
天文，地理，奇门，遁甲
前朝再大的风雨，他有文字抵挡
武阳的石头、草木、鸟兽
都成为一个人的代言人

风只是长久地抚摸着
一个石庙上刻着的名字
苍穹之下，武阳那么小的地方
依偎着这个名字，好像变得很大
很大

日月回响说（组诗）

徐徐

日月回响说

——安福寺广场闻日月回响

如安置在大地喉结处的盆钵
我们每一刻都在向更深的时间索要回响
躬身的弧度并不能决定
命运的回音能够弹射多远的射程

我有一处血管
已在破旧的身体里打结
那些涌动过情绪的潮汐
带着金属的沉砂
无法被轻易冲刷，依旧热持
对日光的朴质信仰

在安福寺光滑平坦的寺前广场
一切真理和善恶
都袒露于佛像饱满圣洁的腹部
传说在那个弧形中心的位置侧耳
便能听见日月的回响

“你能听见吗？” 我对着太阳投出声音的匕首
那打结的血管似有几分谨慎的松动
“你能听见吗？” 我对着月亮掷去诘问的箭矢
那如铅注的沉屑便又在身体里
随着血液往前滚动几下

在那静默中等待日月回响的一刻钟
我的身体在竭尽全力
给出鼎沸的响动
它对时间产生不臣之心
试图用破宣纸扇的己身
囊括日、月、光华

殿前说

—— 安福寺听经，2019 见蝶，2022 见网，有记

扒住木质化思考，“旋陀罗尼法门”
正靠近铜铸莲花立柱
青石静置成祭钟，黑腹蜘蛛坐临网上
偏殿折廊，黄色枯叶蛱蝶悬垂头颅
意念翻过赭红色新漆围栏
一个故旧的国王，领受禅黄色颓败浸润
钟声漾过微光中极细绒毛

“人只能眼见自己想见的世界”
莲瓣将孤寂包裹紧实，直至钟声敲破夜色
山的欲念才层层褪去

“黑的世界长着一双白的眼睛”
玲珑、圆润，黑色腹部，孕育白色蛛网
连接人世与禅佛。风，秩序与自我修为的破坏者

美在阳光下逐渐溃败，翅膀便丧失
带领身体逃出尘狱的能力
那么固而结网成为第二种选择
艳丽被钟声洗去，黑成为白的宿主
自由被固着：一只蝴蝶听经
一只蜘蛛织网

围捕者说

——飞云江观捕鱼

雾气集结，山风凛于执绳之手
蓑衣壮汉已立在命运舷头
当雨水在空中画出意识的河道
当零星跳跃抑住观者的视神经
囹圄中的鱼便化鳍为翅
腾跃，逃脱，就如坚信山林
依旧披着童话的锈色
目光竖起飞云江的逆鳞
被这场刻意安排的围猎擦拭
误以为鱼类没有四肢、被毛和嘶号
就不会流出献祭自由的血
网被逐渐拉起并收紧
鱼和词语的跳跃更为密集

直至耗尽对自我极限的信仰

惘血火器，鼎上刻满江河的恩典

而我带着江南的伞骨

也接下这无数命运抗争的拍击

文成五章（组诗）

石莹

1. 相见欢

整个夏季我都将在山中度过。百丈漈在宣纸上留白
流水与飞瀑用浓淡的绿写意
畲族山歌凝固了草木末端的宁静
我深入一场刘基布下的梦境：在一纸水墨中沉沦
在山水古意中读书、写字
辨认植物和雨水布下的阵法

油桐在我的梦里开花、落雪
香气一寸寸递过来
又一层层裂开，我在桐籽体内取出属于我的欢喜

2. 雨霖铃

读书声才是叙事的开始——
孝顺竹在山峦怀里写下的诗句，是山、是水、是命
而关于我与铜铃山水的叙事
也从宿命开始，以宿命结束
冥冥之中早已注定，我的脚印会驻留在
这一方属于南国的山水

飞云湖晕染山脉的感性，卧狮岩、钻山牛构建铜铃山的骨骼
雨后飞虹对应的修辞，是我和铜铃山
是山与水同时矗立在时间两岸的证据

落下的雨滴蘸满笑声，涂抹刚刚放晴的天空
我的词语沾染露水停留在微微颤动的树叶上

3. 浪淘沙

汉字是一座巍峨的大山。我坐在山脚下
汲水，煎茶——
刘基从诚意伯祠走出来，与我对坐
一片茶叶在我递出的茶盏中浮沉
我们并没有说话，时光沉淀出异想天开的语言
藏在木椟中熠熠生辉

古朴的茶碗，盛满文成的第一场雨
故园草木被我们举过眉间——
关于历史过多的修辞，在一盏茶的时间里洗涤
褪去了满身风尘

面前的竹简，呈现出一首诗的骨骼

4. 踏莎行

夜幕降临，我们用星星点亮马灯
暮色收留晚归的路人

我们远道而来，只为寻找照亮内心的药引
也收敛来自巨崖之上的铜铃
我们需要小心翼翼
才不会踩碎山间小路上蛐蛐儿洒落的音符

月光将影子越拉越长，我们如同一棵棵顺从的树
填满了铜铃山的整座星空

5. 声声慢

如果天色尚早，就返回旧时光
取回月亮的影子——
把影子放进能够唤醒故知的句子
山的影子是水，水的影子是时间
而时间的影子是遍地桐花
横亘在我面前的点横撇捺，如同一座座大山
挽留小路上拓印星星的足迹

晨雾缓缓吐出体内的暗藏的白，成为我们记忆的一部分
我们在一纸山水间行酒令
而酒令里的快马，奔跑在酒杯和烟火之上

我们在一朵花开的时间里共饮
我们在一座山峦的沉默里别离

我们没有说出不舍，或者眷恋

在文成，我说出的词很轻（散文诗）

张威

1

绿，深入云空。

山花，背对拥簇的快意。松枝上，悬挂负氧离子。

库存，你消耗不尽。

风的音符，经过水的唱针。

受惠于山水的眷顾。间或，有一首小诗在其中。“有灵魂的人，可以在诗中找到知己。”

隐形的翅，摇响山中的铜铃，还依旧保持童真的声线。

折叠的飞白，留下了天籁般的流量。

回声。青铜的回望与山间的精魂，共同修炼文成的飞鸟之渡。

峰峦迭起时——

薄雾，放出了铜铃山的神性。

2

隐形的雾，抽离出山的分际线。

风生水起时，岩门大峡谷，掀开了万古河床的红盖头。

仙人拓印的凹点，深陷迷局。

冲击波，风是最大的阻力。被飞短流长击中的深潭，有一扇涡流的窗，呈现出亿万年的固执。

而时间的作坊，还在构建。

在松涛上写意，壶穴的真相，深浅不一的酒窝。

石头，具有的双重意义。

3

青绿是一种风韵，被访山的女子唤醒。

流水过境后，鸥鹭忘机。

粼粼波光，以落日为杯，斟满飞云湖的诗意。游鱼一张一合的嘴，在吐泡泡，又像是手风琴拉出的琴音，吐出的一串串休止符，正在靠岸。

此刻，飞云江产生的落差，具备了多重属性。

关联的隐秘，互为连理。欸乃声，展开水淋淋的纸条。湖水读出了桨声，心里想要说的话。

一支竹篙在手，追得上湖水的落差。

你要相信，这洄游的水，是上游也是下游。

深处，会回到浅处。

若你是翻山越岭而来，大可在湖上，饱饮秀色。

直到灵魂，完全濯洗干净。

4

没有关隘。访秋的人，会不会在历史的断链里迷路。

时间，在时间之外。

冷月，饲养了古道上奔突的小兽，我分解了内心的陡峭。

石阶延伸。你想的颜色，红枫古道的染坊，都有。那个居秋不归的人，却忘了要按时清扫阶前的落叶。

红叶似蝶，引领穿行的人。

捡落叶的风，却把一根抛物线，移到了枯寂的树下。

5

凭飞云江之水，一次次索引，或寻找。

涉足处。我们捧简，秉烛。

我们以畲族歌舞，拉开了月老山的幕布。爱情海的胴体，却以春花秋月的意识形态，攻占了荷尔蒙的山头。

我们读生活和爱；读石碑上镌刻的“天长地久”。

绿海，有更多分段的相思。

光影的折页，中国大“囍”，通往“永结同心”的爱情之路。而刚上钩的爱，还需要你用时间，文火慢炖。

夕阳给月老庙系上了爱的红丝线。夜空中的流星，洒下了一首爱情诗。

“相亲相爱”的人，有了蓝色的胎记。

铜铃山是山水的卷轴（组诗）

李鲁燕

铜铃山是山水的卷轴

在这里，枝叶和山林像被清洗
你没看见雨，但清凉和通透浸润了每条山路
走到哪里
哪里都是明净的气息

整座铜铃山像盈盈在握的一块绿石
你不敢说它是玉
它恰到好处的明亮和幽暗比玉石干净隽永
它怀抱的生物微生物都有可见的流动

如果神的手指温柔地轻轻弹响
铜铃山就会发出悠远清脆的回声

百丈漈瀑布前

那是《高山流水》的音符
在这里，水的心肠在石头上折了三折
才珠玉般落下

水是白的，清凉净透
在这百折千回的幕布前
你震慑在仰望中
找不到美用什么来形容

你羡慕百丈漈下幽深的涧潭将这清凉干净的素衣拥抱、捡拾
你甚至想贪心地裁下一小缕儿水流
邮寄往人间，自己的地址

红枫古道

我们只道山绿水白
一座山安静沉稳
却不承想它能在秋天把藏了一生的秘密
给我们含蓄又大方地展示

那么多的颜色啊
红、黄、绿
还有介于红黄绿之间的时间和温度
用最好的深情研磨、调试才能达到的斑斓

我们走在红枫古道上
像一幅梦幻油彩上能活动的斑点，万物随风波动
我们明明走在卷轴之内
却看见巨大的卷轴悬挂在明亮的山水之间

文成游记（组诗）

李统繁

文成游记

一路上被鸟鸣不断袭扰
风旋停在枝头的那一刻
阳光滑稽地入场
打满补丁的草地上
同行者的肉身如同一尊开光的塑像
野花的柔软愈发放肆
天空倾斜，蜜蜂无处安放的唇
无论如何也搬运不完少年梦里大海般的情欲

人间四月
与这场盛大的安静相逢
一部分承载偏见的肉身
被率性的山水
逐一修正

鸟鸣，把黎明高高举起

鸟影衔云
光的手指在金杯里跳荡

此刻，我们所谈论的事物都是虚无的

追风者用语言的高脚杯
置换廉价的诗行
失语者用一场虚张声势的雨水
修复内心深处的沟壑
在虚无的山水中
我一次次俯身，取走寄存在尘世的影子

安福寺的钟声（组诗）

冰洁

安福寺的钟声

大殿里的景物，仍然是
唐朝的布局，而站在
钟声里的小和尚，已不再是旧人

春山空旷，梵音袅袅回旋
那么多人穿过寻梅小径
来到放生池，有情侣，有孕妇
有商贩，有厨子，有乞丐，有屠夫
他们都双手合十，念念有声

洗心池里，也有那么多
徘徊的人，久久不肯离去

钟楼与鼓楼的墙体虽已斑驳
修葺小路的石板虽多有碎裂
所有这些，表象里的衰落
与它植根在人们心里的
恢宏与朝代无关，与它抛给人们的
再一次唤醒，无关

住在隐心谷的树屋

第一次离星星那么近
我不摘，为黑暗中那些行路的人
第一次与鸟鸣挨得那么紧
侧身就能贴上脸颊
第一次，血液被绿色涤荡得
那么青翠，澄清在同一片叶子的掌纹里

第一次触到了月的幽冷
比她的孤独还白，比她的白还辽阔
第一次，一想到床、衣柜、棺椁、筷子与纸张，就会想到斧头与锯
身体里的战栗，瞬间盖过了
月亮的幽冷，也是第一次
那么怕有风吹来
摇落，今夜正在抽出翅膀的我

与铜铃山着墨

一直找不到你的留白
如若非要有，那便是隐入云间的
一行白鹭，或惊起涟漪的次第花开之声，树木斜身贴紧峭壁
猴王的叫声，起落在山谷之外
虫声长短不一，河床松开两岸
鸬鹚与渔人，松开午后时光

一直找不到你的留白
藤蔓一寸寸地向山顶奔袭
蒿草拍打着细碎的光线，合欢花
缠紧走失的雨水

一直找不到你的留白
静卧在峡谷的十二壶穴
淙淙有声，如纳万物精华而自天成的十二坛佳酿，谁走近
谁就会捂不住一个游子，怀揣的
秘密

没有留白就没有吧
日月自有升落，山水自有内敛
当我们不断地询问来处
繁星们也在张望人间

与古道红枫

溪水沉沙掏出拓下的蹄音
凋零的光阴又退回枝头
你怀揣青涩，背靠山峰

有人拾阶而上，放逐名利
有人醉卧桥头，与你探讨
流水与月光谁更幽深，同样的
问题，叩问了几百年仍无解析

多少人来了又去，白云生处
悬着那么多的钟声，
古道抻不平自己的褶皱
长亭却倾倒出所有的琴声与鸟鸣

八月，我来时
还没有复燃激情的你
交出的仍是前朝绝句

月老山

要有一个长廊，供两个人
搬弄柴米油盐，竹席上翻晒稻谷
与小麦，墙角可囤积柴薪
垒高的烟囱，可修直这一世烟火

梅子青时煮酒，桂花开时
酿蜜，要有黄瓜压弯棚架
要有豆子挣破荚衣，要有

一方湖泊，名曰：爱情海
供女人捣衣、淘菜
供男人借着月光，洗去一身汗水

要有牛羊，在坡上低头吃草
要有鸡鸭鹅狗儿，满院地追逐喧闹

还要有一双儿女，扬着
脏兮兮的小脸，在暮色中
等你们荷锄归来

刘基庙的风

刘基庙的风，一直醒着
他常弯下腰身，与脚下的
卵石小径低语，与剥落的
朱门低语，与瓦缝间的
枯蒿野草低语，也与那褪了色的
碑文，低语

山川风物，尽在他的诗海里折叠
而收紧他蹄音的，依然是故乡
南田的流水，檐下石臼唱和
稻谷应声褪去糠皮，而那
精妙的兵法，却怎么也治理不了
田间一茬又一茬的，杂草

他喜欢堂前论农事，往来
皆布衣，他更喜欢，鹤声起落处
每一位擦肩而过的香客
带走的都是，袖里清风、心怀朗月

恋恋桃花

蔡明菊

春到江南，春到铜铃山
春到每一条溪流、每一块石头、每一棵草木
小南风越来越软地吹
桃花忍不住兴致盎然地开了
毫不保留露出绝美的容颜
让整个铜铃山都瞬间提高了亮度

这些桃花，穿红衣、踩红鞋
热热烈烈地行走在十里春风里
她们是要传递春的消息、美的秘密
更是要把每一寸春光都攥在手心
雕刻出精美绝伦的五瓣光华、五瓣梦想

我想到温婉的江南女子、聪慧的江南女子
她们把文成当成开花的树丫
胸口捂紧希望的火焰，一步一步向上走
炙热的花朵搅得空气越来越暖
香气涨得比流水还快，高过漫天星辰

在铜铃山，我越来越喜欢好看的桃花
渴望成为她们中的一朵
在故乡扎根，在故乡招摇，在故乡嫣红，在故乡生生世世

汲取钟灵毓秀，汲取万丈光芒，汲取古典和时尚
将自己活成美人面，活成如梦令，活成念奴娇，活成逍遥游
活成铜铃山千盏万盏的灯火、千尺万丈的锦缎

听一听铜铃山的故事

朝颜

我坐在很轻的风里，银色的光
落满山顶
那是语言的颗粒
从穹顶落下，落在山顶的树上，然后继续滑落

星辰和时间都如同真正的生命
逐渐滑向谷底
那里有我的记忆、有一小片树叶、有一碗月光
悄悄融进了生命的叙述

在铜铃山，倾听这种融合，内心的故事
就与山的故事产生了
些许共振。而我对人间的爱
便以柔软的姿态与灵魂融合

万物复苏的碰触，在空旷的声音里
与说禅的僧人相遇
他从林中走出，把奇特的脉动传递给我
而我像一只鸟，小心地避开夜晚，谨慎地飞行

红枫在上

陈宗华

红枫在上，擎天撑起蓝墨水泼洒的天空
红叶在下踮起脚步之轻
一路点画一路含秋
湿漉漉的石焰助山蒸蔚

放开枝条红枫更显得紧凑
叶子泛着秋波包住心
沉重的金子让一条条古道走到白
听不到喊累

卧倒的红枫更像是桥梁
思路可以继续向前接受洗礼
枫叶不全是红得发紫
挂了果实的红枫别有韵致

潭（组诗）

谌任游

潭

坐在对面
想来一次倾诉
最终，什么也没说

它如此深邃
一眼就能看到我内心的卑微

一眼就能看到天空的倒影
注满前生，今世

溪

想抱住一束阳光
但无法释怀

卸不空自己之前
也卸不空身体的影子

听到溪瀑的珠落声

阳光也学着从栏杆上跳下来
如一片七彩羽毛

它将每一朵浪花
都变成了金色的鳞片

百丈漈的断想

董剑

我坚信如此壮丽的天工
逼仄的磅礴，必定安放着
某种雄极的信念

当神州第一瀑
以一种柔软的力量
劈开三面绝壁
当白练带着快意，如万马嘶风
暴涨过我的耳膜
我的魂魄也恍如千万粒微渺的水珠
被急急水流吸附

而作为，一种
存在的平衡，水瀑飞天独舞
青山在此反弹琵琶
在千万年打磨下
时间中的岩石与水
哪一个更硬？

在百丈漈
一根 272 米天柱
砸向大地，一直声若洪钟
向人间告白

铜铃山的回响

飞非

需要悠扬、清脆、响亮的回声
来清除一山空寂
万物巡视自己的领土，日月轮换出浴
夜，睡着
草木，醒着

还要一片苍岩，作为底座，安放这枚铜铃的身躯和山魂
树站着，让出天空。向上的路
挂在悬崖上
峡谷扯出另一条长路，流水放低姿态
用命去撞

峡谷有泪，流——啊——流——
它喑哑的声音，一直在大地上冲闯
斑驳，幽深，悠远。挟裹着山洪它短暂的暴怒
一山空旷，接纳了它的回声
一汪深潭，按住水的暴力

于是，铜铃山便有了一汪情深的水
在铜铃山，你喊一声
那汪情深的水会跑过来，擦一擦你的喉咙
你接着喊，喊声越大
它跑得越快

文成：山水如颂

冯艳华

一

松涛软语，山水叙事。只有白云们自己知道
她们在飞云湖里不是翻找，而是翻身

一个有海拔的湖，悬崖已被眺望填满
飞云湖告诉天，高不可攀不是真的

湖水寂寂，白云带着天空投奔而来
而天空微荡，波纹一再描述风的样子
一次，两次，无数次。直到那块天
成了湖水的象征

溪流们在自行处理着深浅
我祝福青山在上的峭壁，也祝福绿水在下的潭渊
你们这些大开大合的水啊
总能领跑着水的梦想

走在 300 多米长的悬空栈道上
真想蘸一点飞云湖的碧色
描一下雾里来
再描一下，风里去

二

如果你听到一条河被折断时的轰隆声
你就知道：水命的硬

在世界第一瀑面前，我该如何描述
水驮着水、水喊着水、水为水拼命的样子
如何描述：水命，就是水不要的命

百丈漈。他们说
万马奔腾像你，马踏尘烟像你，好马不吃回头草
也像你……站在观瀑石上终能明白：
“人到绝处是重生”，才配得上你的下句

一漈。二漈。三漈。是什么要求你们自己
必须跳下去
必须跳不尽

272 米，你尽管
横竖雪粒飞白焰，尽管大珠小珠溅云霓……

——说不明白时，我就用美丽形容好看，用好看
说出你在文成轰隆隆的好名声

三

天地，被突然放在了窄处
激流勇进一试再试，才懂了峡谷之心

哪块石头能挡住一道疾水凭空奔出？
高悬之险，如命再生。悬壁间岩缝太长
也只有青苔敢于填补
露珠们倒挂的小心思

云端一次次隐去峭壁
我们只是抬眼，我们不打扰那些
吃草的云朵，和它们的异想天开

总有山回处疑无路，总有壁柳前又成春
在文成的峡谷景廊，你屏住呼吸后睁开的眼睛
都被染成了好看的风景

花开铺底，流瀑们自带笔画
你看雨雾重、银波飞、桥接两壁、古松悬生……
苍鹰啊，谢谢你把你的天涯指给了我

四

仿佛铜铃山的一个逗号，壶穴里装着水的后半生
胸怀里的水，永远以一张嘴的方式
哗哗地，哗哗地……
——一段话就这样被另一段话接了过去

一定有人虚构一只手，把铜铃山这把壶
从时间的峭壁里提出来
倒不尽，也倒……

水穷处，在铜铃山就是一个错词
想想与石头切磋了上亿年的水。瀑连瀑，潭叠潭
像如逝，也像归来

高山峰试过了，长峡谷试过了
而铜铃山的壶穴们还在用壶嘴说着
“华夏一绝”这个事儿

五

上前一步
如果我不小心碰到了你的灵魂。文成先生
请原谅我见你的急切

你身披的袍子还没有褪色，里面
还隐约露着，大明的江山
未卜先知的你啊一定知道：
文成一召唤，我就来了

眼前这水如此透亮，再也没有什么
能淡化它的颜色了。两座雕像
一个端坐如朝代，一个站立如时代
在这山高水急峡长的文成，先生，请许我
在朝代和时代的间距里，捂着掌声走动走动

百丈漈观瀑

红朵

轰响如雷，飞溅起白练、白雾
一条白色的长鞭，日夜鞭笞着石崖
李白的想象恰合此景，疑从九天来
一怒而下，冲决观者的心中块垒

崖壁森然，如同伟岸的汉子托起洁白的胴体
它们相互激荡，为尘世捧出晶莹剔透的心
如万千白蝶，飞翔于光影中

一漈一漈又一漈，一波三折的跌宕起伏才值得回味
七彩虹光里，打马而过的少年意气风发
一路追逐，融入更宽广的红尘
待到静水深流，已是如我一般中年的迟缓与磋磨

捧一口清泉，还孵山月，祭你我曾有的流水落花

铜铃山

洪昌庭

卧狮岩蛰伏的诗句，呢喃着慢生活的旋律，将怀中斜阳抛向斗潭。

鳄鱼潭里的水花潇潇洒洒，像一架古琴演奏着声声慢，传送震心慑魄的音符。

百丈漈万马奔腾的湍流，雷轰峡谷，澎湃成诗歌的海洋。

亿万年来，白郎一直在绝壁下打柴，终于赢得龙女心，相恋相爱于红尘。

鸟声细碎地私语，与十二埕一起，叙述着一段最古老的故事：铁拐李助龙女嫁凡间。

青年男女的三千心机，月老山早已一眼望穿，渡情劫让情人相陪到地老天荒。

钻山牛成就了巨峰的前世与今生，泡暖了千年的灵崖。

观音崖安详而泰然，述说着小瑶池莲花宝座的前生后事，敲响人类的信仰之门。

千万别去窥视驼峰，因为还差几口气，才能到达大漠与戈壁的边缘。

刘基庙土壤被诗词浸润，抖落千年历史风尘，遗冢展露出明初独有的光芒。

高坝飞虹则如云海垂泻，涤荡唐诗宋词的雅韵。

铜铃蒂在百鸟争鸣中早早醒来，只为追寻晨曦中吴成七分寨的踪影。

将军怎能挫败一世英名，他挺胸抬头，在身后的修竹茂林里排兵布阵，在葱翠的海洋里隐藏了百万雄兵。

一转眼，他又剑锁库房，马放南山，千年修禅，将自己的肉身化作菩萨。

清澈见底的龙潭印月没有裂纹。

孝竹滩隐藏太多的神秘，修竹茂林绝不是故意摆弄出迷魂阵，让人们去叩问。

壶穴叠潭适合投靠，野生动物群因此聚在这儿，躲避愈来愈热的凡世，在藏金的山洞中纳凉。

峡谷景廊迷人的胸怀，隔开了都市的嘈切，音调稀疏得网不住大明的沧桑。

猴王古道的奇花异草画册已翻至末页，蛟龙银蛇的妖身仍不现身。

龙麒源岂能让俗世卷册染指，飞云湖波光粼粼，将月光化作成色极好的白银。

魔幻的岩门大峡谷挡住了山外耀目闪烁的霓虹，也阻挡了山外龃龉的风浪。

唯有鸟啾虫鸣，对着游龙般蜿蜒的峭壁唱不尽歌谣，交织出一曲天籁韵律。

陡峭悬岩让天空若飘带，牵动一丝温婉的云彩。

胜川桃溪盘踞半生，滞胀出囊肿。

竹林浩荡以文成文化为饵，将祖传的秘籍滴入鸟语，便可酿出畲族酒。

而月下之水亮得像银，亮得像下山后，洗涤净失而复得的纯洁魂魄。

如今我来也，山外车马的喧闹声，早被有惊无险的高高栈道削去了杂音。

我切除了妄念的心，在泉水边给神乏体疲以慰藉，在虚幻的梦境里徘徊。

我的身子也许就要离开，可我的心已被这儿蜿蜒连绵起伏的景色偷去，云游其间不再返回。

铜铃山辞

胡海荣

“飞岩白水在云间，云来雾去不改颜”。
这里的一切，比我活得更加长久：
比如植物，悬崖与花朵
已没有任何一种色彩，能阻止
瀑布湍急的喜悦
和镶嵌在阳光上的彩虹

月老庙

胡云昌

要攒够三生三世的缘，才能点燃月老庙的一炷香
一炷香火的里程，足够两个人在世间游历
足够两颗心，将落日沉到
“有情人终成眷属”的结局上，足够两个人将一弯月牙
鞭策成一轮圆月，并留下爱情的后裔

在月老山，月老庙是一个爱情的据点
进可攻，退可守
进退自如的是，一颗爱你的不羁的心
我许愿，让光阴退回到源头
让我俩联袂，重起波澜

月老的红线，牵着我的视线
我看见，夜色柔媚，月亮娇小，星星玲珑
看见你的身段，我的目光就变得窈窕
看见月色凹凸有致，看见鸟鸣有曲线
看见爱情的夜空，不容流星轻薄

我是一只相思鸟，开口就是情书
每一个字，都比月老庙大
每一句情话，立起来，都比月老山高
亲爱的，爱情是一种灿烂的痒
我在月老庙外，等落日挠背

铜铃山的森林正在晨雾中暗暗期待

黄劲松

对这座山的描摹，在于茂密的森林
在早晨，大雾已经弥漫整个心胸
人间的秘密还没有被揭开
悬铃木伸出了碧绿的枝干
在远方的山顶上迎接风的抚慰

弯曲的山道上，走来狐狸
和斑鸠，在早些时候
豹子会穿过雾的遮挡
腾跃在即将到来的烟霞中
仿佛生命的枷锁已经被打开
沉醉的事物马上就要看到一场戏剧

在铜铃山，雾是有期待的
譬如旭日的某次照耀
在山泉间辉映一个浪漫的图像
譬如赶山的人，会在一棵树下
品尝一杯绿茶，他们的目光中
有一个关于季节的安排

对森林的崇拜，有关于这场大雾
有关于枇杷、杨梅和栗子的鸣叫

有关于一场大风，从人们的心头
吹向一片浩瀚的天空

文成山水慢时光（组诗节选）

黄清水

先从飞云湖引流，隐姓埋名的树木为序
烟波为引，撰写文成山水如梦初醒的慵姿
排比湖湾曲曲折折的故事，借助六百年的光影
道出旧事的兰香、星辰的圆润、日月的饱满
以秀竹的苍翠为笔，写山川的奇秀俊逸、岁月的荟萃
或把山光水色腾挪插叙到十里画廊，走在其中
一步一景，步步生香，负氧离子让身心放松
好像时光酿了一壶老酒，我们偷偷在此酩酊大醉
忘了归家的路途，不知今夕何夕

或借酒消愁，吟咏一段孤旅时光，道他文成美景
溪美、峰奇、湖秀、瀑雄、洞幽，道他人间盛况
春风坐果，朝霞如织，文成蓝在丹心绽放
草色青，山色翠微，鸟鸣各领春光数百年，不负人间

在一部锦绣典籍里阅读文成

黄治文

历史从历史的水流深处
唤醒，睿智与哲思中，沉睡的人
这个人，将修身、齐家、治国的旷世寓言
以七百年的一幅长卷，绘就了文成的厚重

古人喻今意
今义阅古人
文成，一个暗嵌传世密码的隐喻
把一位古人和一个钟灵之地合二为一

刘基，一个经得住时间咀嚼的历史人物
成为一粒肇始智慧启化心志的胚芽
闪烁成，人文文成丰富的文化符号

一尊蕴含天地经纬的雕像里
镌刻了“立德，立功，立言”的铭文
像三根隐含信仰的警世巨柱
撑起诗意文成的内涵
亦如三足之鼎，缭绕青铜钟鸣的回响

我满身黄土，自三千里以外拜谒刘基
高举一部泛黄的遗卷

默诵一阕《水龙吟·鸡鸣风雨潇潇》
顿觉，山河激荡昔日的风云
内心涌动古贤的乡愁

胸臆中，禅定了一种“诚意”
山水中，又浸润一种“诚意”
此时，安福寺的钟声，正合时宜
将两种禅释，糅合于一本无字蒙书
在一炷燃烧的檀香跟前
落满时间堆积的陈灰
弥散出一股，大明开国的烟尘

铜铃山中遇雨

灰一

今日天色暗沉，似有若无的雨线
笼罩住一个苍翠的世界
偶尔听到几声抱怨，但很快消弭
古松围绕着我们
铸成没有边际的绿色佛塔
瀑布吟诵着自己的梵音。生命在此刻
与山石青苔靠得格外近
几个孩子如烟云跑过
他们，听到了属于山的磅礴心跳
山下有安闲村庄，远处有城市的影子在喧闹
我们都不过——是水潭中游鱼的梦境

大巴车排成肃穆的士兵
马上要离开这场梦了，一些雨滴落入发梢
继续向我倾诉：
香樟树的缄默，蝴蝶兰的热闹
山中清爽的雨在我心中久久不停

铜铃山，春天的一支银笛

贾忠萍

一

铜铃山，春天的一支银笛
熠熠生辉在绿色中
用音符填满云雾的虚空
飘逸在春天，保持特有的独立

不跟从、不盲目的铜铃山
咀嚼着上山、下山的脚印
百丈漈轰轰烈烈的水声
只为这一刻，镌刻一生的热恋
化为铜铃山的气息，永生在潮湿里
有看不见的光芒

喜欢就来铜铃山
走一走这里带仙气的山路
吸一吸这里清新的空气，像宁静的草木
一边生长，一边修辞铜铃山
回荡所有的声音

二

春天的铜铃山，醒着满山的绿色

宁静在时空的寂静处
一种沉默在铜铃山
像云一样地镀上太阳的光芒
也就烙上太阳的孤独
沉淀不一样的铜铃山，在春天
用飞云湖诠释每一个汉字，饱满在铜铃山
任风吹雨打，日晒雨淋
也不会改变铜铃山变彩虹的初心

三

在春天，铜铃山用绿色打开自己
舒展在花蕊间、草木枝头、蝴蝶翅膀上
将自己画成一幅画
带有春天的眼睛、太阳的耳朵
找出生硬、荒僻的语句
醒目在铜铃山，拥有侠骨柔情

布谷鸟飞来，握住铜铃山的手
文成的方言里有铜铃山的血脉
让云寂寞在蓝天
用烟花璀璨了夜空
修复白驹过隙留下的裂纹
我们过完 2022 年的年，又老一岁

不老的是铜铃山
即使触摸到太阳的骨头
也没被太阳的光芒刺疼过

反而是文成的一张名片
与春天同在

四

来过文成的人，都知道铜铃山
都知道刘伯温的故事
把低处的流水放牧成天上的星星
供我们走一条直线
近距离地触摸到春天的骨头
憋出体内的洪荒之力

月光如青烟，缭绕于刘基庙
青烟不散，香火不熄
没工夫老去的铜铃山
像春雷一样
惊醒那个懵懂少年
欲与天公试比高

我们便抓住铜铃山的气息
疏松板结的泥土
不吃盐的蚯蚓，喜欢把自己埋进泥土
在黑暗中开凿一道门
供种子进出

春酒已酿好，蝴蝶已穿上新衣
被春天眷顾的铜铃山
干净、坦荡地回馈了我们

五

竹子修身养性在蓝天白云下
铜铃山修身养性在春天
桃花、李花、杏花赶着趟儿
把春色怒放在铜铃山
是一首诗歌，串满铜铃山的云雾

春风打着滚，逃离紫外线的囚禁
把自己拴在铜铃山
像草木一样自由地生长

宁静通过宁静，起程在铜铃山
抵达月老山的心核
讲述世间的爱情故事，与铜铃山撞出火花
激起一浪高过一浪的春潮
返青头顶的白发，只听见晨钟的声音
没听见暮鼓的回响

春天也就把铜铃山打扮得花枝招展
跟一位小姑娘一样
配得上这宁静祥和的时光

六

铜铃山配文成，文成配铜铃山
他们是世间绝配佳人
拥有这个春天，春风没有秘密

只有蝴蝶飞过沧海的勇气
为铜铃山量身定制的春天正辽阔在文成大地
而奔跑出一匹骏马
安放诗歌里的每一个字
镶嵌在铜铃山，像一个梦
与我们达成共识，涤去所有镜面上的尘垢

绿装着绿色，焰火装着光芒
文成装着铜铃山
任浩荡春风，袒露胸膛地舞在春天
有柳树一样的身姿，百花一样的芳菲
还会随小草的燎原
带来远方更多的信件

我们愿意把灵魂交给铜铃山
往返于春雨的潮湿处
生根发芽在龙麒源，发芽生根在猴王谷
变成文成的一部分
不断抬高铜铃山的高度

世外文成

焱土

八山一水一分田
走进文成，你就是世外之人了

望一眼铜铃山，铜铃山就绿一次
万亩原始次生林，飞翔了一万年

飞云江那么长、那么轻、那么蓝
飞是云的别样静谧，云是江的另类抒情

百丈漈从天而降
叠加明净的一卷经书，足够剔透你迟到的羞愧

一不小心遇见华南虎、金钱豹或白颈长尾雉
其实是你正走到了红尘的边上

倘若你在畲族村寨，听到与爱有关的山歌
那么你大可褪却矜持，成为不止古朴不止传说中的插图

你要的不止青绿，不止江南
刘伯温已归隐了几百年

百丈漈瀑布速写

康承佳

站在百丈漈之下
任由水声将你我蛊惑
暮光很透
穿过丛林后穿过一漈
看漫天水雾，闪着光斑
带走游人的魂魄
你向我追问着二漈的走向
当我们在廊中观瀑时
人间便陷入短暂的
沉默和停顿，这时候
伫立百丈漈之前
看人潮沸腾着涌动
没人注意到三漈辽阔
有白鸟飞过
挂着春天一样的脸
旋木雀顶着花香在枝头小憩
微风树影斜，星星点点的
路旁有野花散落

谒诚意伯庙

冷先桥

点燃一炷心香，来一场心的修行
崇敬来自灵魂的祭坛
思想的雨水倒悬之后
道两边的枯树都长出了新芽
蝴蝶在花丛中起舞
无边无际的春天
打开了运筹帷幄的门

夫大丈夫能左右天下者
必先能左右自己
诚意伯啊，您隐居于此
让文成所有的山水有了记忆有了亮光
君王看不到您的风骨
在文成的每一片叶脉里流动
您心容天下之物，心爱天下之善
心论天下之事，心观天下之势
心应天下之变
在这样的天然胜境之中
您的思想的温润细雨
正和鸣于此起彼伏的林间松涛
让后世人普受灵感和光点

在时间的恍惚中，一片叶子或者一阵风
在七十二福地在石头的轮回中脱胎
所谓大彻大悟者
来自清静安详和从容恣意
此地聚生态之大成，集山水之精华
最珍贵的享受其实是欲望归于零
伯温先生，不知后学对否？

百丈漈

黎落

是月光的流泻
还是还原生命中一段陡峭的流水？
被赋予意义，在飞泻中再一次被仗剑的人提起

拔高总在一瞬
一场疾雨。一句誓言
有人闻风而动，江湖纷乱，要跨马扬鞭，要排兵沙场
你是侠客，要舍身投国

美人腰肢柔软，你的厚重是她最后的壁堡
披一身水花，能听见天外的回响
满地落花，都是她爱你的泪水

壶穴，你的激越是你最后的归属和担当
你有越多的爱，就伸展得越高
你所承受和背负的，越接近不可预计的纯净

铜铃山（组诗）

李栋

铜铃山

鸟雀在山中，有不为人知的快乐
如溪水，自顾迁往他乡
我们从谷底辗转多时，顺着鸟鸣
才找到登山步道
草丛里蟋蟀低唱，新栽的黄栌
两天前发布了秋天的主权
是的，昆虫和植物才是这里的主角
我们攀上高处，只为望一望远方澄澈
如果幸运，能够看到对面山顶
卧佛安眠，两株摩龛古树下，石桌、石凳
还有数位青袍长发、侃侃讲古的人
如果目力够好，也可能分辨出
一人参禅，两人论道，还有一位
跌足散发，将一碗新酿的米酒举过头顶
宣称长河落日，不过古道秋风

石　头

我们从铜铃山下来

在溪水旁洗手、打尖
顺便聊一聊新听说的那些梗
无非是某些人发财，某个人死去
大多说说就算了
也有个别眼窝浅的人躲得很远
向山涧里投石头
仿佛把那些令人揪心的事从人间剥离
扔一块就少一些
再扔一块就再少一些

飞云湖

秋意阑珊，一些爬藤
缠上了栈桥
对面是人工小岛
划船的人着意于舟楫之乐
此时并不记得来处
桃林是湖心的一部分
它的枝叶
被几圈轻巧的水波推得发皱
远处是更深的湖水
也许再绿一些就好了
亭台、竹舫、老旧的摇橹之声
得以穿插其间
我们从桥上下来，树林里
落叶铺陈
有时候你回头望一眼

有时只听到叶片折断的

咔嚓声

铜铃山，历史抑或自然人文的颂词（组诗）

李恩维

1

季节变换之时，铜铃山响彻铜铃
或清脆悦耳或丝丝入扣，神奇的声音
拨响我们心灵之弦

那声音是大自然的律动。毕剥爆裂的草籽
植物们发出的欢快之声，如音乐节奏

还有更响亮的声音，冲击你的耳膜
那是峡谷中，瀑布发出的音乐，磅礴之声

多年来，我已把铜铃山的声响当作经典旋律
风在加持，我在它的精彩演奏中迷醉了自己
更进一步增加了喜欢与热爱的程度

2

铜铃山是大写意。是神的挥毫泼墨
高高的栈道上，俯瞰山川
悬崖峭壁是一个个峭拔惊险的句子
各色花朵在周围盛开，无声、雍容、热烈

古道像古朴的青藤，紧紧揽住文成大地
更像一根缆绳，拽着铜铃山这艘巨轮行走
走过唐朝宋朝，走过元代明代
曾经浩浩荡荡，也曾有过寂静无声

山下，我看见了温婉的女子
浣洗的罗纱，浮动在小桥、流水、田园、农家
她向哪里跑，铜铃般的笑声
都被阳光的触须紧紧追赶

龙麒源边，我偶遇踏歌而行的畲族少年
清凌凌的对歌，染绿了一条江水
映亮了一座撑篙而出的山梁，映亮了他的青春笑颜

3

天开画屏，翠色欲滴。文成公
在六百余年的时光里昂首向天
他将天文地理和兵法，融进一个朝代的山水学说
南田山的石头被征讨的战役搬运驰骋
潺潺流动的星光催生了一个个盛大的思想
他用来排兵布阵、运筹帷幄

如今，西风和瘦马，仗剑江湖的岁月已经走远
霜寒与月影，早已凝结
但是在一曲与青石板有关的小令里
暮色深处仍然传来朦胧的回声，隐隐
敲打在我的心坎上，生起暖暖的疼

如闲云野鹤，在猴王谷闲看猴国传奇
听百丈漈瀑布如万马奔腾
行走武阳村，旧故里，族谱里的祖先大名
在字里行间闪烁如不灭的香火

在山中寺庙，慢步行走，感悟佛文化
这里的香火依旧鼎盛。恢宏的钟声
送入我们的耳朵，仿佛在发出醒世箴言
什么是大慈大悲，什么是不虚度的人生

百丈漈辞

老影子

需要多大的一场雨
一挂瀑布，才能够翻开历史的一页供词

人未到，打老远就听到笑声
仿佛，她突然而至
一朵朵水花绽放
献给轰轰烈烈的爱情

誓言在内心跌宕、破碎
突然的爱
坠落成一面湖水
壶穴碧潭清澈的诗意，围猎山盟海誓
波纹，小令，或云朵

活着，或逝去都一样
点亮一朵朵涛声，一只只流萤的灯盏
千百年来，谁赐给一滴水
卑微的勇气

多少人立于陡峭处
小心翼翼，与另一个自己对峙
多少名字，像一滴滴水珠

明亮或浑浊

一闭眼，跳落万丈红尘

隐藏崇山峻岭的壶穴碧潭

李文山

瀑连着瀑，宛若平定中原震心慑胆
潭叠着潭，酷似以止滥杀峡谷魔幻
穴连着穴，恰如时务十八策湍流雷轰
从南田福地那条由高而低的峡谷里
一个隐藏万山之巅的武林高手猛然转身
以立德、立功、立言三不朽的姿态
发出华夏一绝的惊叹

气昌而奇，一个个巨大石盆般的水潭
七行俱下，不啻排列而下的致命神器暗枪
独开平壤数十里，击穿岩门大峡谷上游的月色
以及月色里关于潭穴蓄水的诸多联想

有的坐落在谷涧，有的镶嵌于谷壁
有的似瘦骨嶙峋的浅井，有的像浑圆光溜的酒坛
其所为歌诗，悲婉衰飒，先后异致
一个词同另一个词的反叛
水清如同碧玉从崇山峻岭中旁逸而出
像叶胜林场那数不胜数的柳枝
引申出绮丽多姿的叠翠峰峦

头顶栈道是由钢条焊接而成的伎俩

游龙一般蜿蜒于峡谷左侧悬崖峭壁之上
整个壶穴碧潭醉倒在天然氧吧
元朝腐败昏聩，我们看不见琼浆玉液在衔枚疾走
经上一个潭穴，流入下一个潭穴
奔腾冲泻，恣意汪洋

盘山沙土老路凸现侠客的血性
啸傲铜铃峡洪水急流那千万年旋转
天道后举者胜，吾以逸待劳，何患不克
重现江湖，无关隐逸与避世
只有青天白日下的占领占领再占领
远眺群山层峦叠嶂，伏兵伺隙击之，取威制胜
近观谷底江水奔流，琛之致命遂志，宏才大节
拼尽一身蛮力，偶感风寒
也要散发侑享高庙的清香

生命中最澎湃的水

李旭

在文成县
第一次与百丈漈瀑布相遇
这是我遇到的生命中
最澎湃的水
看它站在千尺悬崖上
飞流直下
置之死地而后生
惊心动魄
粉身碎骨后凤凰涅槃
从此走向江河湖海的广阔

在文成县
第一次与百丈漈瀑布相遇
这是我遇到的生命中
多壮志的水
敢与平淌的命运抗争
它知道如何纵身一跃
从平淌中站起来
照亮自己
也给芸芸众生以信心

一漈百丈高

二漈百丈深

三漈百丈宽

柔弱平淌的流水

创造出千年的奇观

震撼心灵

并在一个人的岁月里长久轰鸣

铜铃山水解读（组诗）

上官青南

1

最怕一页页翻下去
上页是百丈漈，下页就到了壶穴碧潭
铜铃山是书页上滑动的手指
一页一页翻动着文成山水，去找藏在字里行间的草木
流水，和我们唯恐漏掉的山水之旅。
就算装作漫不经心地翻，也翻不烂这一页页被装订的山水册页
就算一下子翻到了它，也不觉得太奢侈
整个尘世，文成的山水是数一数二的风光。

2

我怕，我对山水的恋癖，让人惊怵
我浸溺在山水中，竟然有些痴迷。我经历着别人的高山和流水
不顾腰疾缠身，不怕长途颠簸，奔赴而去
山里的路，该弯的弯，该曲的曲
小溪边草丛里的花，露最好的蕊开最美的花
读文成山水的一花一草，才能下笔如有神——
蓝天、碧山、绿水，在无数的张力中
领着你进山，不跌宕，但懂得迂回
凝视与日暮苍山饮的那轮新月
一页，又一页，它分娩的绵亘劲力，在山水间无限地荡漾

山中的陡坡、疾句，水更大地映照天空
一辈子在悬崖上葳蕤
就算躲避得了一本书，也躲避不了某一页中
突然探出身来的崖壁
或张口就来的瀑布。

3

走到突然听见水声的地方
就不想走了
好像自己血管里的血，也在潺潺地自我流动
在铜铃山、百丈漈
听见水声在使用敬语恭迎着我们
就知道没必要在文成专门开设一门山水课
就让一页页山水标本在这里稍加突破
山路该直时直一些，水流要缓便缓一下
这丛林，湍急的水，落日的金黄，星辰下的茶园
何其有灵，又缠绕于人
你要想学习一门山水课，就去红枫古道、猴王谷、月老山
这些地方可以慰藉，而又可谓用心良苦。

4

走在铜铃山中，你就会本能地热爱生命
山水之中，世间万物，相互偎依
我们共存于这时光的辽阔，找到了各自的活路
你叠成你的潭，我连成我的瀑
露出岩石的地方拐个弯，有水的地方歇一会儿
就这样把自己活成草木

走累了，搂着月亮的臂膀就睡
醒了，继续在山水中寻找灵魂栖居的地方。

5

当山水凭借季节而变化
我对继续的旅行充满了希望，就像阅读一卷书
让美在这里纯粹地活着
我们不需要探讨什么，每走一步都能丈量生命
每吸一口气，人生都有底色的乡愁。
铜铃山峡、小瑶池、铜铃寨，曾高高挂起的白云
在我寸脉之间提着灯赶路。

6

我知道，尺寸间的山水已经泊在我心头
想象树木茂密的样子
枝丫举着鸟巢的样子，水蓝得让人心软
路长得透支加速自己……
哦，这本书，太厚了，我翻开，又合上
依然会有人在春天，带着儿女走进去
我们各自待在自己的山水中，理解着金山银山这个词的分量……

文成风情（组诗）

李长空

铜铃山

不顾春夏秋冬，不惧风雨雷电
你痴痴地守候在村口，日日夜夜地
呼唤着远方的恋人，盼望着
他赶来赴前生的约定

你用最温暖的目光守候着
恋人归来，竟把自己凝固成一座
巍巍大山；你深情地呼唤着恋人的
名字，把自己银铃般美妙的声音
也呼唤成了沙哑的铜铃声

你远方的恋人终于随冰月赶来了
亲爱的请莫再忧愁。今夜就请
嚼着星子下酒，干一杯，再干一杯
在甜蜜的交杯酒中，在你汪汪的
眼眸里，你的恋人醉成了琥珀

龙麒源

谁说境内无龙麒?! 一群群云雾
正从金碧滩、飞翠湖和幽峡深谷涌来
在我们身畔龙翔麒舞

风声也有翅膀，它一遍遍地围绕着
我们翩飞，令我们不敢高声言语
恐山鸣谷应的回声惊扰了后来人

几辆越野车穿过阔叶林驰来
瞬间就消失在隔世或者来世之中

百丈漈瀑布

以千古的阳刚或阴柔，自山顶断层
飞流直下，或沿平地缓缓流淌

它们独唱、组唱、合唱，一首
气势磅礴的山水交响诗日夜奏响

竞相折腰的游客，心灵
早已融入独得风流的梦乡

枫林诗韵

是枫的心事铺成，不然为何
山山岭岭层林尽染？

是诗的气息流转，不然为何
每条古道都韵味盎然？

一群大雁用翅膀
驮起一方有情天

文成旷世之绝

梁朵

每片叶都在新生期
每枕青山，都掏出越山的雁翅
长空下饮水的少年
与山水畅聊故乡水
嘴角真情涌起的波浪，是光阴的
也是虚谷的、旷世的

阳光下诞生的新事物
修炼出千年熟果，是一条瀑布
说出的宏伟飞天白练

悬腕上立满自然光，是松针的
野松鼠。是泉水音符
撰写的云天水墨谣

山体刻满月的旨意
叶沾露，是一条江水怀苦的仁心
这里集爱，汇闪耀
聚一切奔来的事物

江面波光粼粼，犹如开光的佛面
更像一面净镜，是文成放牧的璀璨

看高处卷叶静坐
溪水听裸石的净心，看花草从寺庙恭敬进出
轻叩山门

回头，就能看到藤萝般蜿蜒的山路
无尽头。只有攀高的鸟兽
争抢这卷无字天书

铜铃山，已落下月影
如此境况，谁还能看见石上长翅
只有云，跟随空气垂爱文成

在蜚短流长的范畴，漫山青绿的真言
被蜜蜂和蝴蝶喊过的花朵
通红通红的

铜铃山走一着。能听见铜光里的骨节声
脆成檐上灵动的铃铛声
忽近，忽远。似诵经声落进江水

当流水以侧身避让鸟兽的修行
恰好能听溪水咏经，阵阵松涌
听青竹，念下空心吟

铜铃山摇响天籁（组诗）

廖松涛

铜铃山摇响天籁

山风徐来，最爱弹奏万亩森林
从不辜负大自然的闲情雅意
一有兴致就露两手，摇一下铜铃山
让万物倾听天籁

潺潺的溪水擅长伴奏，拨动琴弦
忽缓忽疾，与山风一唱一和
草木翩翩起舞，山花举起小喇叭
将它的香气分享给人间

荡漾之中，山石仿佛也有了生命
原地打坐，听得入神，一动不动
天上的云朵，飞得很低、很慢
只想多听一会儿，多看一眼铜铃山

阳光点亮了红枫古道

有时山里很静，静得能听见植物的呼吸
游人尽情地畅饮清新的空气

有时远处枫林，一片红叶若隐若现
差一阵风儿，点燃秋天的幽静

古道宛如一根老藤，紧紧地抱住山体
蜿蜒曲折，欲探寻藏在大山深处的美
拾级而上，每向上前进一步
人生便会遇见不同的风景

红豆杉、鹅掌楸穿上了秋天的迷彩服
紧跟着游人，向山顶攀登
阳光从茂盛的植被中挤了进来
千万条光线，瞬间将幽深的古道点亮

飞云湖，可以濯吾心

来晚了一步，成千上万的云朵
已经从飞云湖起飞
水鸟在湖面画出细长的跑道
也跟着云朵飞走了

湖水有一股神奇的引力磁场
草木被吸引过来，啜饮甘泉
翡翠透明的湖水倒映着蓝天
鱼儿仿佛在天空中游来游去

波浪有节奏地拍打着岩石
飞得高的浪花，化成了朵朵彩霞

满天的繁星，被湖水洗得星光闪闪
我想将灵魂也放进湖水里，洗一洗

仰望百丈漈

在百丈漈，一条河流用尽了平生力气
切开了天地，宛若银河倾泻而下
上善若水，不舍昼夜地奔腾
欲将天下的不平处统统注满

看似柔弱无骨的水立了起来
身白如玉，高过人们的仰望
瀑布声响若惊雷，划破苍穹
站在云霄之中为苍生发声

山谷也有灵性，报之以回音
森林飒飒作响，与之呼应
大大小小的石头紧紧追随着河水
穿越时光，成为它的一条支流

飞云湖剪影

林国鹏

纵横交错的湖湾，是美的另一种状态与化身
澄澈、安宁、包容，是它们留在人间的特质与内核
我喜欢将它们作为喻体，在辞赋中贴成
一面面还原生命本真与纯粹的镜子
让它们静静地反射着，一帧帧清晰、明朗、自然
无法复制粘贴的生态意境。我明白
飞云湖是其中最为清碧与奇特的一面
储存着文成千万年的地理简史，此刻
每一行富有弹性的水纹，都记载着
一个完整的古地质变迁过程

幽洞。雄峰。奇潭。秀水。作为大小不一
形状各异的词汇，用天工的妙法
微雕着奇险灵秀美的画卷，补充着飞云湖细节的脉络
山包、小岛、丛林、古村，如散装的修饰语
点缀其间，在自然设定的程序里
被山风一吹，伸出了遒劲的笔力
隐秀谷中的瀑布，作为一道源头活水
为这一切，默默地输送着源源不断的动能

烟波浩渺，船帆竞渡。一页页移动的山水画
打开了跌宕、起伏的潺潺秘境

奇峰。异石。廊桥。原始丛林
作为山城子民的一部分，在这个富含负氧离子的
天然氧吧中，休闲避暑，修身养性
用温暖的光，置换出内心原版的诗意
飞云湖用琴音一般的流水，铺开一纸水韵
隐现沉浮的鱼虾蟹，动用递进、排比、逻辑句
在湖中标注人生，找到了属于自己的坐标和经纬

大美铜陵山

林隐君

地球之肺的局部结构，在铜陵山被完美打开
这精密的点、线组成的画面是主脑
这用出世的力冲洗，以创造之心打磨的峡谷
是我灵魂的圣地
这秀绝的青峰，是我万水千山后抵达的欢喜

烟岚和流波以生命之源，碰出哲学的花火
嶙峋的蹊径以俯冲之姿悬停
那深到不知处的匠心，以美的黄金分割
让思绪星辰一样纷飞
迎我以过客的风，敬我以归人的水，循环不息
化秀绝为香火、天籁为经卷，在我往返的途中

致铜铃山

刘建生

风吹动着鸟鸣从树上滚落下来
金色或绿色的叶梗，支撑着柔软的
身子，花朵和露水是两组词语

漫山的绿让连绵的山峦有了层次
一粒粒松果般的鸟鸣，让你忍不住
惊讶，它们借着树木花草的优势

以至于雾霭变得飘渺起来，深不可测
不再用目光打量，鸟鸣滚落到山涧
千丈悬崖，发出叮叮咚咚的声音

草叶的歌，叩过文成圣地

长安肆少

一

七百年后，文成的故事
还是那么浓烈
以至于极目处是百丈漈的高昂
以至于那首唱了多年的人间歌谣
依然，留白

很多人都在歌里面，帝王、贤臣、将军
还有刘基庙，依旧一把羽扇
万千苍翠古柏，高高耸起坚硬的脊梁

叩一声长刀削出的峭壁
群山轰响，草叶发出的金石音节。铿锵

二

在黄昏，我看到一匹战马
温情摩挲天边翘起来的古庙檐角
它从落日里奔出，像一位归队的战士
俯视飞云湖，又日升日落

山顶的草，影子停在马背

他们摇曳不期而遇的沧桑风景
他们讲述古道送别的忧伤故事
我与战马一起竖起耳朵，只是侧耳倾听

我看到先贤的影子，依然伟岸伫立
在月老山的余晖里慷慨高歌，或是
纵身跨上，嘶鸣的铜铃山

三

多年前，他来到这里，
看见时间酝酿的地火，从深崖喷出
用锈如黄铜的虬张笔头
绘出，长剑一样的壮阔篇章

打七塔、吊九楼、翻三界，打王的调
仰望中原上空的朝阳
大旗招展，敲打一把古老的壶
一捧时间，敲出神秘的年华

篱落中片片草叶，载着一统江山的气魄
从茶与瓷中挺起脊梁，仰望

铜铃山的风

陆潇

她终年着绿裙
挽着绿披帛，步履轻缓
并不急着超越到时间前面去
她每行一步，都在细数
铜铃山与众不同之处

她清楚铜铃山有多少奇珍异草
她要记住的，不仅是银钟花、连香树
还有福建柏、天竺桂、花榈木、鹅掌楸
所有的乔木、灌木、藤蔓、花草
构建了铜铃山的天然大氧吧
也是她修身养性的良方

面对纷繁世事
她可以淡成一缕薄雾
隐于一棵松柏的指尖
也可以品半杯碧潭清泉
吹一曲逍遥乐，擦亮眼睛

她是仙子，理一理
苦恼人的衣襟，失意者的乱发
无须刻意提醒

她日夜在铜铃山巡视
谨记山与水的叮咛，万物的秉性
自己的来处、身份

百丈漈

路琳

你是一幅洁净的立体画卷
悬挂在这文成的山水间
即使无风，也能轻易地在一颗颗人心中
掀起一阵巨大的浪花

你那气势磅礴的大气
总是让人一次次地叹为观止
这是碧水，在这文成大地上
绽放出的别致花朵儿
百丈漈，离开文成的时光里
你的流水声，一直是文成之美在我的心窝窝里
最震耳欲聋的吟哦

百丈漈留白

路男

流水带不走行者的欢愉
哪怕这悬空的辽阔与惊叹
深入月光，银光闪闪
跳落花塘，珠玑四溅

一泉清冽遮盖不了遍地赤砂
哪怕这展翅的飞跃和缠绵
轻捻于草木，温润如玉
徜徉于山谷，柔情烂漫

这一定是流动着的一幅水墨
饱蘸秋天的金黄、春日的尊贵
青草依依，阳光懒散
让一个人的目光变得透明而旷远

这一定是一个人的日月和星辰
天与地相连，前世和今生相连
高高低低，仰望或守护
都在静待内心的那一声呐喊

百丈漈，肯定是虚怀若谷
多像一个伟人，在内心留白

哪怕醉卧于此，变成一株草木

望一滴露珠，心已足也

在百丈漈，听流水如歌

路志宽

在百丈漈，碧水是这里最美的风景
也是这里的灵魂，一条流水
在悬崖峭壁的尽头，纵身一跃
成就自己那超凡脱俗和震撼人心的大美
要怀揣着怎样的信仰和顽强的意志
才能有着如此的举动
此刻，在百丈漈听水
你能听出怎样的豪情万丈和大气磅礴
诗情画意的风景，在百丈漈
总有着别样的解读与感动

拾起人与自然的铃声

罗添

山泉水一节节流淌在大地的动脉上
云和树的光影缓缓飘落在河床，静止的小世界
有不知名的动植物从中缓缓穿梭
宁静的力量是自然最忠实的存在
想要寻觅一片开阔、一次洗礼
就来铜铃山吧，什么都不需要做
且闭目养神，轻轻地把五官让出
就像一丛郁郁葱葱的青草为我们的到来
倒伏在风海中的姿态，懂得谦卑与柔软
拾级而上，此刻没有都市里的梵音
没有人海茫茫中的幻影，一切都是
最原始的色彩，让眼瞳充分卸下盔甲
朋友将溪下的小石子轻轻拿起
在一团树荫下端详，“不可语的自然魅力”
拾起人与自然的铃声，随一只仙鹤遨游云海
它会告诉你何处才是心灵的远方
不必陶醉园林和花海，不必向往天堂和梦境
何处是人与自然融洽的节点
何处就是最静谧祥和的简章

百丈漈

罗燕廷

1

一生的山水
都跟随我到了这里。一生中的往事
都可以在这里放下

我知道还会有无数未知的趔趄
在前面等待着我，在一声润滑的鸟鸣里
在云起时，在水穷处

2

风声越来越紧
一条流水
被拧成了一条细白的绳子

把山中的落叶、云烟、虫鸣
和我的飘渺思绪，捆扎成一垛

——而我们一无所知

3

那么多的落叶和草屑

在空中飞

仿佛有些神秘而古老的事物
在一条激流旁
重新长出了透明的翅膀

4

能不能把一条瀑布的汹涌
搬到纸上来
让它在一个古老的汉字中
发出深沉的吼声
让它在一个人的身上发生神秘的震颤
——却没想到，一条飞瀑也
正悄无声息地
让我发生微妙的倾斜

5

挂多少年了，一条瀑布早已
为一座山的锦绣
写下了起伏跌宕的序言
在文成，或许我还可以说出更多悬念
说出它们的快与慢
说出它们的闪与烁，说出它们的
高与远、重与轻……

铜铃山写意

黑马

1

铜铃山，抱住了一条诗歌之路
百丈漈瀑布、飞云湖，披着薄薄的流岚
任浩瀚的诗意，顺着水势次第排开
许我明眸清澈的早晨，许我古歌飘满的黄昏
苍穹拱起，斗转星移——

2

每一个石阶，自诗意的低处，拾级而上
草木茂盛之处，皆成葳蕤之诗
无论游侠，还是过客，皆成知己
铜铃山、月老山如巍然耸立的诗神，御风而行

3

抽刀断水水更流的乡愁
早已化为飞云湖，立春的凌波
整个文成如世外桃源，让才思泉涌的笔椽
迸射出耀眼的哲学和思想
奔流于一卷荡开鸟鸣和繁花的册页之上

4

穿过峡谷景廊，摘取树冠上的鸟鸣

啊，时光的卷轴，次第铺展于天地之间
微微一振！江山如此多娇
那洇开的红枫古道、禅境、万千风流
便跌宕出一幅幅锦绣绵延的富春山居图

铜铃山，做你的一只钩嘴林鹀足够幸福

马正凯

做不了土夆上的松
与松上的鸟窝
让我做铜铃山的一只钩嘴林鹀就足够幸福

用我大江大河般的喊
让铜铃山森林公园的每一枚叶子
都有大海般蔚蓝色的幸福

我每喊一声
就有一片乡音坐在竹叶上
十万片竹叶一同掀起恋人般的呼吸

铜铃山森林公园，请把你恋人一般的胸怀敞开
让我做一只钩嘴林鹀
将你的肩头
认作鸟巢

做你的一只钩嘴林鹀幸福是天空的蔚蓝

我留下的每一串脚印都钉子般地坚定
十万颗星星与一枚大月亮
挖不动

从我的一声喊里
你定能抽出整个二月风中的兴高采烈
而一只钩嘴林鹀的幸福
就是把一枚叶子喊绿喊大喊出它身边的花朵

铜铃山
拜你如拜父
骨缝里走着一道溪水与杜鹃午夜的长鸣

铜铃山的水，把文成的马蹄拨亮

梅一梵

1

落在文成的下游
手拢绿色的心情，冲着，天的井口
喊一声：铜，铃，山
余音婉转
山字，以水的清韵，从舌尖噗噜噜起飞
森林哗啦一声敞开胸怀
一匹强悍的瀑布，溅开洁白的蹄花

2

阳光葱郁，激流铮铮
激流的岩浆
沾着滚雷写诗，沾着狂草泼墨

禅机没有落差
落差是瀑布的哲学，让飞云江自己领悟

现在，我要帮它，完成水的巨著或雕像
现在，我启动铜的拳头，打鼓
石头羞红了酒窝
一串翡翠的琼浆，醉倒在地球

3

大把大把的山，包裹着水

大把大把的水，吮吸着山

大把大把的风，用金石丝竹

弹奏银钟花、连香树、鹅掌楸

弹奏猫头鹰、短尾猴、毛冠鹿

白颈长尾雉

我的肩胛，长出蝴蝶的弦子

我的花朵是春天的纽扣，等蜜蜂用甜蜜的嘴唇解开

4

就怕庙堂找不到退路

被手执兵刃的江湖，逼到天界

就怕爱情一个愣怔

一头撞断月老的红线

5

一帘清风，一声鸟鸣

一亭翠竹，一溪桃花

不晓得哪一路水

脚踝一颤，摇响了铜铃

畲族的山歌，顺势推开细腰的小窗

不晓得哪一路水

心里一顿，惊醒了木鱼

五叶莲花的石头，在我的对岸跏趺坐

文成，青山叠着秀水等于更美

蒙懋

雨稀了，天晴了。那经禅的回声
是物语，还是鸟啼？

铜铃山如黛，而飞云湖、红枫古道、
月老山、猴王谷、龙麒源……亦如黛
走得再近一些，那种清晰的辽阔
如油画，丰盈婉约
每时每刻，都在生长

铜铃山上的白云，一朵朵，很近
溪水花草的背影对我说：
白云老了，铜铃山没有老——

看不见的风，举着画笔，美好的伟大
与天空一起，自由生存
尘世的脚步如蹁跹的蝴蝶，汹涌而来
百大漈瀑布、峡谷景廊的大美细节
融合晓霞紫烟的缥缈，渐欲肥美

鸟鸣，像一粒粒祥和的种子
播种在铜铃山养生的福地，生根发芽
有人大声说话，山石不安

与内部的坚韧，一起沉寂

有些事物，并不需要描述
在铜铃山，物类所有的提示，都裹着爱意
不妨寻找一下美学的标点
要为文成的山水断句……景物中
有古典的诗韵，鲜嫩般恬静

三春花繁，山歌穿越山巅
点亮醉美的景色。小鸟停下疲惫的翅膀
可以感受到，栖息，也是一种生活
云朵停留的地方，风也停下了脚步
壶穴瀑声，湖光水影，不胫而走
岚烟隐没处，鸟鸣啾啾，峰回路转

铜铃山的眉间，泊着祥云
云卷云舒，风调雨顺，有时很高
有时也很低，有时也会变成雾霭
如盘旋的山道，缠住铜铃山的蛮腰
如一幅云草水绘画，清亮可人

风是关键词，可以品读
花草明澈，能见星月
在铜铃山，绝佳之境衍生自由之美
总有意蕴的走向，牵动你的心绪
不知该走，还是留——

铜铃山：解读山水的智慧（散文诗）

那朵

一

文成用山水把脉。只有放空体内的风雨，才能听得见铜铃的脉动。只有交出尘世的欲壑，才能与草木倾心。

飞云湖上，清风已顺利完成摆渡。抵达彼岸，上岸前与水草密谈，一场风波正在平息。

百丈漈制造的三层热闹，落差明显，各怀深意却不道破，只待诗人来解。

文成不只山青水阔，壶穴碧潭把绝活留在最后，不入壶穴，焉睹奇观。好在，我们可隔岸观火。

千里姻缘一线牵，速配时代让月老闲下嘴皮，在山上静养。

二

风在铜铃山打探消息。壶穴碧潭的水声，铜铃古寨的铃声，小瑶池的香气，一阵风就能把很多身世一探究竟。风撞在我们身上，也会搜寻典故。这些伎俩用旧了，风就抛弃我们，继续向上爬，去掀铜铃山的秘密。

我们开始凭直觉，去接近文成的景物，用嗅觉闻到草木的馨香、空气的清新，再用感觉去享受这不同的气味、对身体施展的魔术。

最后，又是风来收尾，把它们全部带离现场，只剩下回味。

三

刚道别的鸟鸣，又在铜铃山顶相遇。山脚遇见的月光，又在湖中邂逅。铜铃山在不断的重逢和告别中，演算世间的加法和减法。

山路铺满诗意的花朵，花香和鸟鸣引路，体内的贪欲被铜铃山没收，只许携带薄薄的寡欲行走。

宿在铜铃山上，就有无数想象的翅膀张开，等待花香将自己催眠，再等铜铃在清晨唤醒。

披一身草木香下山，被负氧离子替换成分的呼吸，更加顺畅。

文成，让一首诗的开头和结尾，都沾上了铜铃声，仿佛画了一个圆。

四

有雨时，红枫古道是景，无雨时是纽带。在大自然中独守古韵，运输喜闻乐见，称着重量，也称风量，还偷偷称心量，不声不响，却洞察毫厘。

这里适合放养小情绪和小幸福，更适合怀旧，跟着伯温先生辅佐明太祖，把大明江山再重新指挥若定，一统天下。

红枫古道以多年的处世经验，警醒我们：对于阳光雨露要及时接纳并感恩；对于狂风、雷电和冰雹，要学会避让，不正面交锋，放它一马，小忍忍一时，大忍忍一世。善恶只是闪念，像过堂风，来过，经过我们之后，又走远。修得一颗平常心，才能安稳度日。

五

文成的山水睿智，用大自然的音乐疗愈。

铜铃，让一座山有了自己的主打乐器。

风随性而为，不需乐谱，自弹自唱，总在最合适的时候簇拥铜铃出场，把一首音乐带向高潮。

瀑布、湖水，这些动感乐器，以最自然的演奏烘托宴会的浪漫气氛。花鸟虫鱼的伴唱此起彼伏，且排列整齐，错落有致。花草树木热情地鼓掌，礼貌地欢迎。

铜铃山卸下来访者沉重的心事，怀揣铜铃，与生活和谈。

飞云湖游

倪晨翡

1

进了门，漂浮的小城
荷花灯，红灯笼，悬满鱼干的木梁
撑一支桨，与夜晚的河道一同结网
她在跟水波说话
跟所有迎向她的桥洞、两岸的鼓楼
挥手，我们背靠背
逃离喧嚷的八月
天空开始飘雨，她并不在意
任由影子被雨水打湿，入酒
她的手指，在木船上敲出美丽的音符
抬起与落下，在这里她不懂得
什么是消逝

2

人们仍在往返
买一条蓝印花布的围巾
只看眼前的风景、良田、美池
通往欢庆，通往静谧
缀满星星的河面，她问
那底下，是否也有另一个太阳

穿过烟雨长廊，夏天的余音，袅袅
不同于烈日和金蝉，她问
可还有其他的办法
让冷暖不定的日子变得明亮
或许，只有独辟蹊径的蝴蝶知道

3

春秋的水，唐宋的镇
明清的建筑，现代的人
导览的语言成为我的梦寐
从角隅出发，抚摸铜币和月光
见过依水而居的村落、热闹的市集
见过永远徜徉的金鱼和水鸟
见过梦，见过梦里的你
你就这样概括了所有，关于历史
关于春去秋来，关于白云悠悠
她脱下鞋，提灯
跟浮游的水黾一同起舞

4

最后一日
我的梦正梦见另一个梦
嘴里品尝你的名字
味道湿润而清甜，像山谷的风
像可以拧出水的晚稻
知道还可以再见到你
所以我只是闭上眼睛

听渔舟唱晚，听橹声悠扬
睁开眼睛，过去与未来
都在流动的慢镜头里，而我
也曾是你生命中的摆渡人

走近百丈漈

齐凤艳

先倾听。这枝叶对目光的遮挡，是我走近百丈漈的起始途径。大自然鬼斧神工的瑰丽之作，我要选择自己的膜拜之途。

隆隆的，战鼓！水一路走来，一路为自己鼓气。它的血在涌动，它最前排的战士，手里举着一面面旗帜。

它岸边，小草迎风摇曳着，人家的炊烟袅袅升腾着。那老汉驼背了，依然抬着头，痴迷地看着朝阳、晚霞、田埂延伸的前方。小小的旗帜，如叶尖儿、屋瓦和麦芒上的露珠。

“我要扼住命运的咽喉，它不能使我完全屈服！”把险阻变成新的勃发！命运的交响曲昂扬，震荡云霄。

咴咴！咴咴！咴咴！整装待发，万马焦急地刨着蹄子，它们不能停止奔驰。悬崖的深度，就是勇气的高度，就是丈量不屈的尺子。

“万壑不停雷隐隐”的百丈漈，它梦里也有一位美丽又娴静的歌手：蜂蝶在花丛中悠闲飞舞的样子温暖，小鹿在草地上的奔跑轻快，土拨鼠筑巢时神情专注。

生命中的样子常常在冥思中呈现出另一种清晰！我倾听的样子，能成为风言风语里的故事吗？

御风，化作一只白鹭，在百丈漈前盘旋三匝，说出仰望、说出惊叹、说出爱——万物教诲我。

敬畏它，赞美它。一练三折，折不断奔涌，折不断洁白，折不断灵魂。百丈漈，用你的奔涌劫持我，用你的洁白濯洗我，用你的灵魂照耀我。

我的渺小啊！百丈漈，“一川长觉雨蒙蒙”，你沐浴我吧，我将再成长！

一漈百丈高，二漈百丈深，三漈百丈宽。百折不挠，所以奔驰出高山仰止之神貌；精金百炼，所以成就深邃壮怀；百感交集之后，更加修炼成宽厚仁慈之襟抱。

我的浅薄啊！百丈漈！你所过之处，百卉含英。让我成为你身边的小草吧！

此时，此地，山谷幽深，有虚怀广阔。一位诗人说，它让各种树木长成各自的特点，让每一朵山花纵情地开放，给每一根青藤有攀附的自由，给果实可以苦辣可以酸甜的选择。

百丈漈，山谷也造就了你：水的姿仪万千啊！百丈漈，你身后的崖壁不语，它真的什么都没对你说吗？

此时，此地，百丈漈、山崖、草木，还有它们的象征皆在。花草繁茂，不必区分它们的名字，称它们小花、小草即可。其上的虫皆瓢虫，皆有七星。我摊开肢体，矮于小花，矮于小草。

此时，此地，我浑身遍布感知的菌。口唇生出蝴蝶，斑点明亮。飞走，向我肉眼看不见的火星。最闪烁的，闪烁着水的晶莹。百丈漈，你似银河，你更如灯塔。

铜铃山，入世的金属声

水草

冬天被插进瀑布
仍身不由己，一粒粒碎玉
浸湿了白云，天空发泡
光秃秃的树枝，几粒嫩芽含春
阳光漫溢，从山侧斑斓

峰回时，造物主赐予一只鹰
俯冲而下，最高最快最强力量
没有救活一棵干枯朽木
近在眼前的碧潭
施舍过圣水，让生到死充满禅意

一个铜铃摇响山谷
四面八方，活过来，哗啦啦
流动，那么清纯的时光
正从相册里移出身位，插入
一幅画的背景

去铜铃山

水湄

一

我要起身了，去铜铃山
那个北纬 27°45′，东经 119°50′的地方
在那儿我要用块石和茅草，造一间茅屋
茅屋前要有一潭湖水
这样我就好看湖水种下星辰日月
茅屋后要有钟萼木、连香树、鹅掌楸、银钟花、花榈木
这样我就可以看到在上面嬉戏的
长尾雉、白鹇、短尾猴和黄嘴白鹭

在铜铃山，每日里山爬进我的木窗，水漾进我的眼帘
有书可伴，有果可摘，有花可栽，有薯豆可食
有茶可闻香；在铜铃山我自己陪同自己，或者与山风野花
过一段无人问津的时光，安静自在，日子朴实

二

我来了。像近乡情怯
铜铃山，我在你晨昏日暮、在你茂林泊烟
的肺腑间已被润色

似一滴水，借着落差

我随你由高而低幽深峡谷倾泻而下
听你，叮叮当当的铜铃声，落进雾霭，风的叶簇
以及鸟翅之上

一树树山茶花开得热烈
远远近近都是鸟叫
石板路滚动着山风和花香
被惊动的鸟儿，不断飞起落下
远远看，似在云端飞渡

激流声越来越大，似一种音乐的极致颤动
我看到瀑叠瀑、潭连潭，雷鸣般的湍流
迅速击打着石头，像击打在编钟上，荡出
雄浑而又浪漫的千古绝响
奇形怪状的十二个壶穴在谷间安坐
一个个宛如巨大石盆般的壶穴
精妙堪称自然的杰作
在谷涧，在谷壁，似酒坛，似浅井
那么美好地散发美酒和琼浆的光亮

三

水带恩光。这一见，恍如梦境
小瑶池，你开阔的水面上
湛蓝落下来，星辰落下来
织成繁复的纹饰
像湛蓝的天空挂在风景之上
湖边花香四溢、小草葱郁

虫儿露出隐形之身，把鸣叫铺展，打开
那么多的雨水、泉水、露水抑或雪融之水
聚集成你阔大的气象
我看着你，怀抱内心的爱
你看着我，误认为我是花草的一部分
映照在水面的云朵、水鸟、树的投影、山峰、日月
成为你的肋骨和脊梁。风吹涟漪
小瑶池绿得如此深邃，浑身散发温凉的体香
你水的行为艺术，影响一座山的气息
抑或，你是一座山光明的眼睛
浏览着铜铃山浩繁的无数典籍
或者，如梦似幻般，在十二个月份的铜铃山上
你是一块精雕细琢的碧玉
在风月花草的怀抱，芽色萌发

一座山的世界（组诗）

宋浏

一座山的构思

簇拥在一起的石头，不问世事
从自身角度打开一道风景
唤醒春天的那一刻
花不知花是谁，草不认识草

踏霜而来的深秋，不愿与世俗道别
曾经也有山花烂漫的故事
让红枫古道上的探索者
伫立山巅，再也没办法醒来

一座山的风景

凿开山的神秘，水印世界鸦雀无声
松针的骨骼，清晰可见
从远古时代打磨的沧桑岁月
隐藏在一个掌纹里

破茧重生的树木，与清风同舞
让误入人间烟火的飞云湖

缠绵于景色

陶醉于景色

一座山的梦

寻觅仙人下凡的峡谷景廊

多了一点崎岖坎坷

铜岭山偏偏要与众不同

追梦，造就有意境的落花流水

登高望远，记不记得来时路

我不敢相信

大自然的鬼斧神工，早已

落入凡尘

铜铃山短札：一阕大写意的山水之诗（组诗）

苏真

1

提点山水契阔，铜铃山以青绿研墨
剪云风流，邀来写意的上弦月。草木不露声色
戴胜鸟连篇累牍，以不同的方言统筹鸟鸣

时间是一沓尚未剪裁的画纸。此刻的壶穴
提着一壶花语研读岁月的曲线
把这里的每一棵植物带入心灵的道场

填一阕玉楼春。暖笙歌夜，从容收获
解开铜铃山记忆的锁链
对于一朵花的证词，天空过于喜悦

万物皆有毒素。荡漾着岩门大峡谷的篇章
嫣然而绮丽。划一桨月光，苍耳低眉
雏菊布施多年的风语。铃音中的诺亚方舟宽阔

铜铃山摊开掌纹。五叶莲畅晚
在开花的季节努力地盛开，着墨
谱写铜铃山的岁月交响

2

求索“太公祭”中的情怀，天空布满荆棘
诺言被无数次翻拍后，剧情贯彻的程序
落实在铺满鲜花的春天

以祭祀形式寄托、缅怀、继承
洗礼寄情山水的诗吟——

鸟雀的翅膀洁白得一无是处

3

洗过春天的美人，涌动着碧草里的天空
水藻荡漾。身边的人端出一弯明镜湖
落日如一条金色的误读，挂在云与云的构件上

祈祷的词语被一次次提及，又被微风抢劫
不为人知的孤独，博大而又悦动的修辞
趋于真相，一帧善美的画卷
世人解意。不容置疑——

置顶轻黄色的光明，
岩顶寨子拥有神的圣旨
文成啊文成　请借我你的文韬武略
让我为你输出更加斑斓的新诗歌

4

空荡荡的昭烈亭。坐着一个小女孩

她读到一个烈士的名字
就按下一根手指。皱眉，而又莞尔

天空贴出白色的告示
——一场雪迫不及待地赶来

山石矗立。我为懂的人写下大雅——

5

从飞云湖开始，一樽清酒
还酹江月。怀柔的初心，沉沦于飞云湖

飞云如鱼般穿梭。碧空妖艳
——木质的滴答声
是一场盛大的遇见

夜色静默，如少女阑珊的梦境
访谈一滴水的清纯，又企图混迹其间
成为云龙湖的一株水草，在她的怀抱里牧歌

看啊！一轮明月正从飞云湖的正中飞起
为着她养育的人间。举起右手——

湖水汤汤——

6

铜铃山森林，是长在文成心上的皱纹

是一匹马荒凉而杂沓的故事
当所有的悬崖被葳蕤出斑斓的印记
文成的县志里，慢慢地走出了雨和群山的眼眶
峰峦大写着理想主义文档

青绿打底的铜铃山
采撷幸福密码的人们
以葱茏之爱，静观岁月的曲线
我驻留在铜铃山，时不时地，受到一个声音的辖制
某个等级的灵魂们还会在三岔路口听你
从容地计算着明天以及远方的诗句

回荡的呼唤，恒久而阔达——

刘基庙的香火，缭绕着一座江山

孙凤山

像文星涌动《郁离子》的芬芳
一炷香火就能点亮一个朝代的余温
一半是山水，一半是民心
伯温就是一架风车，转动的何止是乾坤？

我在天下七十二之第六福地
打开《诚意伯文集》，每一道亮光
都是江山微微隆起的一个词根
等你回家。伯温先生，你身影清癯刚正
只接纳了十万匹春风，一路南下
你解开江浙省元帅府都事礼服
和缠在腰际的民间小道和诬陷谗言
把刚烈的愤慨与深刻的乡愁散养在故乡

手握不自量力的拨乱反正，吞吐凡尘
脚踏马蹄奔驰的乾坤，雕刻报国
信念。励精图治岂容疏阔，国法的尊严何在
你说公忠体国，荡去陈旧，敲响辉煌，用天下押韵
千笏朝上，躬立着一朝耳听面命的臣子
只是匡扶正义承受了太多的风雨

其实，安放一生，一座庙已经足够了

寻诗铜铃山

唐海林

以山为脊，穿过人山人海
和你去看星辰大海
来浙江，每一簇绿一往无前
在铜铃山国家森林公园
东风换得满眼春
挥毫泼墨，擘画今日文成新容颜

一行行时间的草书
让诗词里的浙江，每一阕
都信心满满自成风景
每一阵春风，皆是一张邀请函
每一日轻抚草木人间
从你的世界中打马而过
那么干净那么美
遍洒的诗意，让人心驰神往

一尊千古传奇、旷世经典
穿行在风景旖旎的温州
深呼吸洞宫山的芬芳
历史在这里拐弯
——文成昂首唱大风
微雨过后，所有草木沿途疯长

让幸福满满的绿水青山
传唱这不老的情歌

冰雪消融，新时代激情歌赋
烟波浩渺竞开涟漪
山高林密荡漾着清香
群芳过后，我们心灵的牧场
一群儿女的床前明月
所有绵长好时光
仿佛一段被淋湿的母语
遥寄出最优秀答卷

一些挂在树枝上的传说
夜莺的歌喉擦亮夜空
沧海桑田，最温暖的港湾
神奇的“小九寨”
你是文成繁荣的乳母
见证南天山脉雄起的文心
万年激流在此涤荡
飘逸出，浙江人集体的乡愁

我们心灵的递归
一道道披荆斩棘的身影
将遍地阳光的深浅
速度与激情，奏响开放的乐章
一朵朵山花层林尽染
感受未知的惊喜

绽放，大中国的笃定和从容

和你一起相约铜铃山

万水千山，印证你的辉煌

像飞鸟展翅翱翔蓝天

像游子般迷恋故园山林

曾经，有许多人爱你

今后，将有更多人深爱着你

登铜铃山

万世长

我们一行人往山顶走，路
在溪水清澈的欢歌里，阳光，如筛落的鸟鸣
峡谷就在对面
我们踩着石头过去，让眼前的龙潭
很快来临

仿佛每个人都害怕水花，直接跳过去
我在潭边倾听
水落下来，明目张胆来到身边

我们跨过最多的台阶，前面
在飞龙沟
植被的茂密像一间大屋顶，从山下，悄悄覆盖山顶

一行人坐在溪边歇息，都不说话
水声，在为我们准备乡音，直到起身离去
像一个梦
我跟在身后，溪水不停在喊

我们一行人抵达山顶，密林
在云海碧绿的波涛里。一枚巨铃，如牛的头骨
苍劲，看起来聚满力量
和连绵起伏的山脉，让我兴奋

铜铃山，走进或抒写（组诗）

王彬

在百丈崖的绿色中穿行

树和树之间的缝隙里
阳光带来的颤动比觅食的松鼠更猛烈
鸟鸣时刻提醒我，这是它们的天堂
一些事物舒展，越过山顶的云
成为浪漫的韵脚，站在风中喊你
飞溅的瀑布翻卷着激动的灵魂
风景展开，人在画外，群山举起酒杯
黄昏赶着羊群，树影在地上丈量太阳的足迹

阅不尽的山色

许多野生植物在萌发，无边落木
阅不尽的山色，入云、入目、入心
原始阔叶林、竹林，风拾起游人的脚步声
扔进壶穴碧潭、雨后的百丈崖，游人像树叶一样新鲜
温热的雨，循着鸢尾草的方向朝密林深处行走
文成县城向西，40 公里
铜铃山，有无数风景可以走进或抒写

铜铃山的黎明

铜铃山的黎明，很绿

绿得几乎看不到第二种颜色

站在铜铃寨，寻找遗存的瓦片和陶瓷

梦一样的绿色的海，在阳光下流动

山涧溪流私语，是一种奢侈

蝉鸣响彻成一种惊喜

铜铃山册页

王超

山峦叠翠，火在深处静静地燃烧
茂林修竹，深处的路径
供出美的端倪，没有谁真正会放弃
一种朝谒，带着绿色之肺
如“缓慢的蜜滴或者无形的黄金，
在时间过程中重复一个模式。”①

抑或，铜铃山是在定义美
也同样地定义一种时光的特质
当你抵达其间，或无法触摸它的神秘
与原始共生的部分——

不得不说起那些水，或被取之不尽
又试图关进那茂密的雨林
那巨大的壶穴犹如蜜罐，采出百花的
源头，并试图打破另一些水

像源源不断的恩泽，如白雪无言
沸水欢腾，一些水找到悬崖
一些水跨越生死，一些水蕴藉在上万亩

---

① 引自阿根廷诗人博尔赫斯的《音乐盒》中的诗句。

的原始次生林，湍流雷轰，瀑布相
连，逝去之物化为洁白的泡沫

从壶穴中道别，再在森林里穿梭
花儿如炬，顶着大大小小的眼睛
一座山，经受了多少时光的封赐，或弥漫
成大地上的锦绣，一些风在这里静止
抑或，你愿意做它们的君王——

时光是一座花园，铜铃山也是
铜铃山峡、小瑶池、铜铃寨——
或森林的镜像中，寻找人迹罕至，像一部
经书，正展开迷人的胸次，寻找赤子
或一把古老的琴弦，撩拨四季

山还是山，水还是水，脱离人间
的诗人，想要隐遁，抑或在绿色的王国
搭建云梯，像蝴蝶找到花蕊
鸟啾虫鸣，找到斑斓的光阴，一切
似重新开启——

或从连环石壁上复活更多的花儿
鬼斧神工，佳景天成，乔、灌、藤、草
皆保留最初的姿态，豹走密林
野猴穿梭，一尾鱼躲进石头背后
像共生的仙葩，绽开清凉的词典，铜铃山
是绿色基因的宝库，在尘世播种

铜铃山，孤绝承接赞美（组诗）

王志彦

龙潭，对称着草木一生

龙潭之水，心似莲香
欲念不疾不缓，像启封的一坛老酒
等待身如磐石的旧友

壬寅年的疫情，说来就来
潭水觱沸，我领会了一座山水之城的蜂拥之爱
和慕白兄的梦幻相聚

去岁已是枯鱼
跨 3200 里为一壶老酒赴约的附庸者
面对激昂的潭水
都有一颗蒙昧之心

潭水涌出，爱恨自有分寸
我看到浮出水面的浮游生物，朝围观者
道了一声珍重

脱离了躯壳的潭水
再没有寄生之苦，它心中柔软的倾覆

对称着我们的草木一生

在铜铃山遇见银钟花

一株稀有的银鳞风铃木
在铜铃山，能否容得下一个卓越的刘基
由紫红色而渐变为暗灰色的枝条
会不会突然跃出一只松鼠
像一个隐喻，让山峰倾斜
从峰顶再站起一个周桢
在山清水秀的文成，续写一部
——《森林经理学》

花开也是一种悲悯
当花蕊从倒卵状的花冠伸出
一株银钟花的体内就回荡起
晚钟的千古悲鸣，像一个中年人
在反弹琵琶，身体乱响
急需要一把拂尘
拒绝多余的诱惑

在铜铃山，遇见稀有的银钟花
就是在修辞术中遇见孤绝

风吹风湖

风雅的铜铃山，需要

在头顶安装一面镜子，淘洗白云的心
和高过灵魂的鸟鸣
甚至，抵达寂静的风

几股泉水，推动月色
为天空聚集成一个清澈的瑶池
小小的一块水面
铜铃山向宇宙敞开的天窗

我在风湖边，找到云歇脚的地方
把内心的虚幻之词抛在风中
等待吹空，等待干净的文字
盛满文成的山水

风，濡了濡嘴唇
在风湖的心里，要复活一场
绝世的爱，要把古埙一样的我
吹出天籁之音

铜铃壶穴

在铜铃山，水并没有拒绝
悬崖的叙述，墨绿的光芒喷涌而至
瀑叠瀑，潭连潭，十二埕壶穴
窖藏着万年古河床的好心情

一壶打转的时光里

有多少激情沉淀于峰峦，有多少归属鸟鸣
连绵不断的水
看似有形，从没有找到完整的自己

有人借着阳光的梯子
把自己的阴影投到潭水中，自己并没有
成为水手，或者是探险者
只有春花秋月逐流而下

每一埕壶穴，都有隐秘的传奇
每一寸山水，都不甘于虚拟场景
在时间的废墟上，我专注于铜铃山的胜景
并不为余生抒情

刘庙舞剑

吴尧忠

风萧萧。剑光起。血色舞。

记不得有过的义胆壮举，再也听不清飞云江水咆哮声。一路流亡，寻觅伯温故里情理秩序。也许，嘉峪关狼烟焚燃，星星峡独步肠断，你如此慷慨悲歌：

“将剑指苍穹

劈一条无归路哟

为卿狂……”

剑终断，心即碎。故事印在书里，尘封岁月的年轮……

一场雨悄然降临，刘基庙前一尊游荡的铜佣，被石狮挡住去路。他只是顾客，慕名而来，路过文成。时光摇落了数片桐叶。它们打着转，翻动、扑腾，然后飞散。而庙前街，来不及装扮晨曦的羞涩，蒙眬里打了个哈欠。眼前的繁华醒了谁，让一双眼睛凝固几百年？

青田是一个朝代的图腾，神异玄幻。阴阳卦，定天下。帝师不答，看剑自狂。也许，一只孤寂的俑，拾掇不起从前的相思，便将黑袍遮盖双腿，容不得双膝丝毫弯曲。

只有剑！才配得庙门气场，虎虎生风，侠骨生气。你手把握剑的角度——确凿说，只是个带鞘的剑柄。你的剑！留在那片战场。你为剑生，不在乎邂逅，还有氤氲弥漫的唇香，亢奋战栗的霓虹。

金陵城大街小巷来不及尘封的寒雪，卷起楠溪两岸柳，你只想舞一场剑，好久没有这般畅快淋漓，与江湖无半缕瓜葛。

史学家掀起“俑文化”研究学潮，争论势均力敌，流派众说纷纭。文成的文脉里，就有了“一只逃避的俑累了，伛偻于人间街头”

的抒情。

有水，山会说话。忽然之间，一条白练扭着腰肢从百丈高处呼啸而下，滑过一个个阙口，碎成无穷银花，银花又迅速洒去，又骤雨似的荡下，跃上发梢，渗在脸颊上、脖颈处，镜头都齐刷刷被虐开。曲折流觞的姿态，像诗人蓬勃的灵感，让静默着的时空谱写袅袅烟岚的明宫：走过文成的剑，跪拜朱姓的城。

山水故事里，还有神一样的伯温，同样数不清发生过的多少灭亡、多少杀戮、多少的不应该呢。铜铃山长满石头的沟壑一定生养虫蚁走兽，气势如虹——剑一样的虹。仿佛遥远的泉声，细流绵绵，泠泠有韵，时而激荡澎湃，时而低泣回环……树木错杂相间的地方，蒿草青蔓甚是放狂，山花肆意，似有歌舞者……

庙前舞剑。香火如球，大大小小的，有如毕篷者，如瓜球者，如虬龙状者……或昂首，或嵯峨，或立或卧，穿越时空，写满时尚的现代诗。

文成的成文

肖柴胡

（一）

作为凡人，我至今无法攀登
山神起身时，忘记修缮的梯子
星河无规则拉伸遥远
地心引力攒动着
三条瀑布，三种溅起的心跳
在风中潜逃的信使
泄露了一段远古历史的深与宽
一漈……二漈……三漈

（二）

我不是一个辽阔的人
但我试图拥有一腔辽阔
像在宰相肚里养鲸，在茫茫大漠中相濡以沫
近在咫尺的，不如从飞云湖的轮廓中窃取波纹
再从波纹中窃取隐居的绿
采薇，饮湖上初晴后雨
舒展双臂，张成一只远道而来的白鹭
辽阔会将我吞没
我甘于承受水的无期徒刑

（三）

走过古道，不能不爱上枫林
走过枫林，不能不爱上红色的哲理
停车坐爱枫林晚的诗人
和手作隐喻的秋天，也许有着
恰当的相似性
恰当到每一次都无须理由地忘我
在大会岭，一切相似性都被划清界限
一半是古情，一半是痕迹

（四）

多么好，走在缝隙中
回忆往事
那时，在铜铃山酿酒
不食人间烟火的仙子
告诫我，要用十二壶穴做酒杯
泉香而酒冽，用旷达的绿色下酒
切勿炒作山珍，方能长生不老
多么好，露水打湿的诗篇
是一棵松，高挂的绝学
月光渗透满天飞舞的虫灵
意外谋得避世的差事
风吹来一个铜铃的旧秘密
收拢了山的百分之九十八点一

（五）

我渴望一场，长在石头上的爱情

就像清透的水潭，或者会呼吸的树木
照见穿插于石缝中
鼓动的方言。我渴望一场
丝线般的相遇，月老给我养蚕
喜鹊替我缫丝
我为我种下一棵扶桑
牵扯住，月老山流动的一切

(六)

接近文成，偏偏接近了
瓦蓝、碧绿、黝黑、火红
山林水间，孕育生灵七彩的脉搏
接近文成，偏偏接近了
畲族姑娘脚踝上的稻叶
与古老歌谣摇动着灵秀的舞
一时间，我们都会突然想到什么
仿佛，在不成文的日子里
写下了一篇文成的诗

求道百丈漈

江东瘦月

一

洞宫山脉，道家气场。我一路向南。攀上清派高枝。

“山中宰相”隐居原始次生林，遣腰身比玉女更柔弱的山风迎迓。

师尊的胡须，比瀑布白、长。道风如松涛，仙骨似兀石。授我以道箓、八卦帽、十方鞋。

与仙侣为邻。得便可讨教吕洞宾、刘伯温。蹭纯阳宝剑、斩仙剑的冷冽寒光。贫道为铁砧、锻件、硬锤。三位一体。淬火，蘸钢。

以低于俗世的壶穴作砚，一遍遍点白掭黑，临摹太极图。

二

朝霞，山岚，同频次深呼吸。

肩背竹篓，腰别葫芦。采竹笋、黄连的精，挟雾霭、山岚之气，守柑橘、古柏之神。

靠山吃山。蕨菜、香菇、车前草、猕猴桃。和一本翻毛边的《郁离子》，是我不升炊烟的午餐。

鹅掌楸的猿臂，撷取贫道阔绰的庄子巾。

木槿花食不果腹，小瑶池盈盈亏亏。

一株沾得道风的茜草，掐算节令，憧憬花期。

松鼠，在天竺桂的枝丫间，偷窥。

仙鹤的翅膀偷得法术，隔山扇风。

峭壁。鸿雁的啼叫，撞响回音。

彩蝶和山花，以青田老款的方言耳语。野蜂对落红的道家针灸，可妙手回春否？

日落猿啼。雪狐匿身遁形于哪一处洞窟？

我与归鸟，相向而行。

三

脱落斗笠，搁置魔障。解了蓑衣，放下烦忧。点燃松明，烛亮我那天灵盖的懵懂。

需要打坐多久，才能焐热严丝合缝的冷石凳？

第一把炉烟，陶真人对着一块面相诡异的石砾，取火。吕洞宾的蒲扇，落地生根，葳蕤成花榈木。刘帝师慵懒，径直以身体做丹炉。

水火鼎，拾掇百丈漈的童心。石榴罐，蒸汽冷凝，冰火九重天。

粗粝和俗念，隔阻于绢筛之上。滤涤凡心。

武火，文火。我将正念止于祖窍、气窍、丹窍，拿捏火候。

炼精化气，炼气化神。信仰，出神入化。

丹炉里的一溜烟，与“只可自怡悦，不堪持赠君”的山野白云，结儿女亲家。

十六两制的木秤，如何称得一座山峦的净重？

配药的植物，炼丹的元素，窖藏山涧。师傅的配方，不肯亲授。贫道唯有觉悟。服气疗病：治愚，治愈。

远眺鲁班木尺作计量的头漈。看图说话：道生一，一生二，二生三。三何以生万物？

我像五步蛇吞食蜥蜴一般，吐纳，咀嚼。反刍要义。

四

黄腹角雉停栖，是另类的飞翔。瀑布跌落，丈量铜铃蒂至潭穴、入世至出世的落差。

令旗作杖。

短句式的真言，比游着的水喧哗，比竖着的瀑寂寥。

我的胎记，与道教的青色缘定撞衫。

道家癖好阴干。头漈是不是恩师晾着的第一道镇山符咒？

顺着这脐带洄游，贫道复归婴儿。

单眼皮的木鱼嘀嗒风泪，木纹的鳞片敲得娃娃鱼一般灵性。铜铃琅琅，作和声。

胜川桃溪里，我拾掇凤毛。不往吴成七安营扎寨处制箭，只在盛世做毽。

铜铃山森林公园（组诗）

辛翔

一、 百丈飞瀑

2010年我来过这里。这次到来，想找个虚无之所放下一身事物

那年，我们由主道往上
山的这一面，瀑布，在春风沧浪之间呼啸，山峰倒扣下来，几十丈怒气
放出凌厉与寒冷
你刚说完那句："一切、总是、或许，都是自我解释，现实不存在这种普遍与假设。"
巨大的声响，压住了我们的争吵——

突然就发不出声了，语言是空的，也是满的，所指的符号封闭在声音的容器里
世界的哑然——
开怀大笑、温柔耳语、离别哭泣……此刻，都被放进了
"哗啦"一声中

2017年8月底，你从车窗里向我告别，写满月台上哑然的众生
爱恨情仇，成了飘浮的水汽
不管不顾地往下飞坠，不闻不问地决裂，再年轻的时光，都满

是沧桑

谁在明月山松间，取出了那些消逝之物？

二、 飞云湖

安静了，这喧哗。最终落进自己制造的无能为力——
愤怒的瀑布变成寂静的湖水——飞云湖
在山的背面
雨声，使寂静更加寂静——“既自以心为形役，奚惆怅而独悲？”①

一切事物在湖水中得到自己的虚像：青山、流云、飞鸟、树丛、你我。
倒映，遵从了古老法则：从他人中取出自身
此刻，鸟儿停在空中，成为漂浮的岛屿
沉默一圈又一圈，在我们身边扩散，像投入石子的湖面

“那么，你还爱我吗？”你问。
可是，为什么爱又生出那么多争吵
你又是如何把人生的寂静放进人潮汹涌的列车？
形如多年以后你伸出窗口向我道别

水草的晃动，摇摆万物，它是种问候——仿佛在，也仿佛不在

---

① 陶渊明《归去来兮辞》。

我曾倾心于这种宁静的湖水
有轻舟，也有溺水之物，一把网撒下去
就有了
死对生的所有假定
游戏水间的前半生和开膛剖腹的收尾

夕阳下，波光把所有事物都弄碎
它是最好的符号学家
撒出去，收回来，像寓言，碎裂，像说出寓言
白鹭看在眼里，湖心亭已不见了，旧事，不可探究
蝉鸣是种独白，水声是种独白，鱼跃也是种独白，它们不仅有自己，还有某种暗合
湖边的馆子数十年如一日地热闹

没有一个不借助柴薪可以持久的火
湖水制造又制造
然后
遗忘
仿佛阔别多年的旧友，把个人的痛苦，都投付笑谈中

三、 红枫古道

它可能一直摊在某人的掌心，在那里，而不被允许在别处

阳光、岩石、空气、枫木，切在一起，古道
则顺从于它们
仿佛流水顺从于高山

这必然的因果、道法的自然。不仅在宗教与文字中
也在每个经过者的步伐中
表达是形式，往阶梯上走的每一步，都可能是偶然的明了

没有什么神明安排一切，有实在就有空无
石头继续存在
跻身于
空气的坚硬
我们的身体也终将服从于泥土

有伐山修道的毅力也需要依山傍水的贴合
走过古道的人
累了
歇歇脚

听枫叶如鲸鱼般寂静的歌声——
仿佛一种讲述：

下山的猛虎吃掉了僧人，却也得到了生活的悲苦——
遗忘
是从某个方位开始的

坐在山间
忽然有一种感觉：过去就忽然不见了，仿佛我们没有来过，仿佛没有我们
一个人无论怎么小心都会留下痕迹，给自己设置路障：猜疑、解释、无法释怀

这些年来，我整夜整夜喝酒，攒下不少遗忘
有的事如同古道消失
时常把自己埋在令人窒息的感觉中
然后，安静地等着落叶掉在肩头
春天最后的夜晚，总是把自己喝醉
推着车，来到山脚下小镇，在喧哗灯影里做一个手艺人
听别人赞叹我捏的糖人千变万化
只是
有一天
一个小孩看穿了我的把戏，他说：你捏的
都是一个人！

和古道一样
这么多年来，我一直在消失，从未停过

四、 峡谷景廊

你不能进入到石头中去，但你能深入峡谷。你见过琥珀吗？那时，你酷似

人工的开凿无法承受生活的剧变
有些路还没踏上就坏了
但峡谷不会
造山运动的历史和开裂变迁早已让它习以为常了
之所以壁立千仞，是因为无欲则刚

峡谷两旁沉默的高山，犹如一对失魂落魄的恋人在幽暗的街上对坐珍别

我们慢慢从中走过

穿过了

空气中的不安与悲伤

一枚树叶缓缓沉落

小心，别在最爱的人面前许诺，任何诺言都会伤害她：

实现了，她会失望；实现不了，她会哭泣

我看风景亦如是

铜铃山

辛增路

我们沿着索道，乘风而上
轻盈得像一根根羽毛
跟随我们的还有更多的羽毛
我们共同构成一对翅膀

云雾拉低了天空的边际
我们站在玻璃栈道上，仿佛置身仙境
坚硬的岩石不再沉重，更像是
沾在翅羽上的一颗水珠

太阳没有出来，天空如一面
灰色镜子，照不出人类的渺小
未知的山顶增加了它的高度。站在中间
向上看或向下看都是一样地茫然

我们不是神仙，只是游客
过高的海拔会产生缺氧、恐高等症状
险峻的山路不适合攀登
我们坐缆车下来，如一滴雨的下落

山水无言

徐俊

这些饱蘸浓墨的群山和湖水
日夜在一个人心间摇荡
为了抵达云湖夜月
抵达心灵的归宿之地
我以山间腾起的薄雾
在两个时代之间来回穿梭
我能看见的落霞与孤鹜不断在山中诞生
我们拥有相同的翅膀
也能以眼睛测量永恒的深浅
历史如此之远，又如此之近
刘基庙立在那里
从不忽略我们的微不足道
但历史无法绕过这些石头、这些峡谷
我们如石头一样沉默
铜铃山在不远处看着
一些瀑布和房屋陆续抵达

铜铃山

徐业华

挂在乌岩岭的一件乐器
一条通往岩顶的小路
是一根系在铜铃顶端的绳子
被谁拽在手里
谁就能摇奏出悦耳的音色

进入铜陵山的深处
碧潭、奇岩、秀滩
茂密的阔叶林
是不可或缺的副歌部分

鹅掌楸正值花期
在这里说不定就遇到了
你的白郎与龙女
而小瑶池像一块翡翠
正好是给你预备的定情物

飞云湖夜色

许叙斌

时光的禅
总是寂静无声
水不洗水，尘不染尘
左手的蛊只用右手来解

黄昏的雨
不知遗落在谁的小院
老了青砖，湿了黛瓦
一曲一觞能把孤单变得迷人

微风吹来
飞云湖是喜悦的
三巡五味之后，春山尽墨
往事 53 度，苏醒无边……

百丈漈，一首惊心动魄的诗

严平主

207 米的落差
如果放在李白面前
也不会是“疑是银河落九天”
这么简单的想象

一漈百丈高，二漈百丈深，三漈百丈宽
世界上所有的瀑布该有的
高度、深度、宽度
百丈漈都有
仿佛一座山的精髓
在岩石中生出，在清风里荡漾
在每一个仰望之人的内心
埋下伏笔

我站在百丈漈边
一滴水一样，纵身一跃
跌宕成一首惊心动魄的诗
在铜铃寨，一张竹床上的梦里

风过铜铃山

羊白

风过铜铃山
风从天堂而来
奔走在万物之间
风即是万物
风收集舞蹈和音乐
风是无数冲动汇成的河
风无处不在
转瞬即逝
风——存在于吻

凉爽，来自流动
万物的臂膀连成一体
一触即晃
一碰即响
风从百丈漈的瀑布下来
风这个清凉的女子呀
风这个纯洁到透明的女子呀
人间有旋涡，你如此轻盈
铜铃山的美景波浪起伏

铜铃山写意

杨冬胜

绿树蓊郁，溪流潺潺。这世间的隐秘之地道法自然
风静静地吹，试图把众生清醒
山石崚嶒，龙女满心慈悲，一次次演绎千古奇缘
那些无声的言语，把繁复扫尽
这一刻，你相信山水之间自有扣合灵魂的博大

流水浣洗古今，古老的传说如白郎与龙女深刻譬喻
亲近，可以抵达内心的澄澈
长风忘情演奏，神与山川草木深情对语
鸟鸣啁啾，世间冷暖与悲欢在这之外，食物和希望可以纾解
而红尘俗世却把你徐徐吞噬

风在眼底一次次低回，流泉低吟浅唱
山水入怀，山川草木才是永恒
如一棵草木那样安静，享受阳光以及雨露，学会道法自然如何
往来之人行色匆匆。斗潭吞风吻雨，落满世间悲伤
古老的守候，安静得像道碑文

这一刻，你试着原谅自己。烟霞在心间飘散
阳光落下，山野遍布金色
流年被长风吹拂，那些古老的路径已然芳草萋萋
远古情绪遍布山川草木，而一次相逢却把你悉心普度
那些隐藏的才是真谛，适合回归与放牧

铜铃山语法

杨云天

“二〇一八年，铜铃山。三月
仲春的花，绽放。不委屈
不守信。我和她”

凌乱字迹，是参差山峰的倒影
多虑，却并非铜铃之性质：
它是如此率真

其实，我更喜欢花。尤其，眼前这朵
尤其，“铜铃”——如此雄浑的形容词
使它在娇柔中，折射出某种坚毅

但我担心这朵铜铃半山的白色野花
忧愁它如此早地盛开，又如何打磨，
这即将到来的盛夏阳光，以及
厚重的、黏稠的，时光
它们都如此值得，一一疼爱

突然，一群小孩从山上跑下
抓着更多的白色野花。
倏忽意识：铜铃山，是一个沉默、固执的动词
满山的野花，才是它向世界献媚的，状语

铜铃山

杨泽西

风的吹动和我们的摇晃
使松针上的露珠松开了自己
松开自己才能回到它雾的位置

呐喊声经过树林和山峦
先是穿上外物，之后又脱去它们的形状
重新进入我们的身体

每攀爬一段距离，山
就会失去一截；我们站在山腰上
成为彼此的顶点，和自己对峙

登顶之后山顶已不再是山顶
但山顶上的一切物体并没有发生变化
最后我们不得不又重新回到山脚

当我们返回原本位置的时候
细雾又开始在松针的尖端上聚拢
我们又看到青山隐约在云朵之中

与百丈漈书

戈吾

沿着绿植的布局，赶赴一场约会
立起来的水需要抬头
仰望，面水就是面对神仙，要有虔诚之心
对水要有敬畏之心
百丈漈在上，我对你的仰慕
由来已久，今日得见
献上我的膝盖是应该的。可惜石头
太硬的心肠不愿意
接受柔软，男儿膝下的黄金
有相遇就会有离别
爱我说不出口，请接受我的方式
把右手放在左胸，鞠躬
如果世事允许，我愿意终身厮守
听你波涛一样的鼾声
在文成，在众多的流水中，在百丈漈
你看那些草木枯荣反复
每一滴水都有生动的呼吸，如此旷世
如斯绝美。我喜欢
悬在人间的水宣，一如挂在铜铃山的哈达
为这纯净扑向水不必顾及
十万朵誓言，在石头上雕刻诗行，写给你的信笺

铜铃山峡谷景廊

于力

逼仄的栈道上
秋风卸掉季节的辎重
侧着身子行进

填满峡谷之空的
除却浓稠的负氧离子
还有，流瀑泼出的轰响
云雀衔来的寂静……

岩石罅缝，探头探脑的云杉
倒挂着一声猕猴的啼叫
鹰隼的孤唳
宛若一支飞镝穿越崖孔

瓯穴十二埕，盛放着
万年的流逝与苍茫
百丈的呼啸与虚空

时间仍在淘蚀
——洞穿一块石头的心扉
需要推开多少欲说还休的涛声

霭岚纫进狭长的幽谷
被暮色缓缓地咽下
唤作“铜铃”的巨崖旁
一缕缠藤松开战马生锈的嘶鸣

修竹皈依、麋鹿入定
侧耳菇贴在鹅掌楸上
隐隐听见安福寺晚祷的钟声

百丈漈，另一种书生

余显斌

1

试看天下，总有一条水有骨气、有脊梁，不用匍匐在地、山高水低。就如一个书生，书卷气伴着长袖飞飞，伴着温文尔雅，让一粒粒文字带着斯文，内敛成墨，在宣纸世界里，从不喜怒于色，拍案而起。可是，狭路相逢时，袖中剑总会铿然一出，冷光一山，划过历史的脓疮。

顿挫，在陡崖埋伏。

跌宕，在深谷等待。

陡峭，也暗藏杀机。

一条水，逼迫着在这儿站立，丢掉细腻，让温柔有了锋刃，在天地间哗然而过，三蹶三起，在一千二百米的征程，杀出震天怒吼，和百丈血气，悬垂在铜铃山的腰间，成为天下最锋利的水，无坚不摧。

铜铃山，将百炼钢化绕指柔解下，赠送一位文成的书生，在江湖打马走过，走成另一条立体的水，走成另一条锋利的百丈漈。

当然，你也可以称之刘基。

2

在古代，有时，书生也是医生，衣衫随风。带着一支笔，在西窗下，一边针灸自己，磨砺风骨；也一边针灸着王朝，和世俗的五脏六腑。

文成茅屋的刘伯温，是一个圣手，伸指就掐住了元朝的脉门，望闻问切，听声辨症。然后，开出一副汤头，用忠诚搓成一粒粒药丸，温水口服；用竹管笔针砭，通筋活络；将卖柑者的话语做了药引，外带四钱文成的明月清风，为“金玉其外，败絮其中”的病症刮骨疗毒，出脓生肌。

可惜，那是一具僵尸，回天乏力。

于是，隐士成为勇士，用刀光回应刀光，用烽烟熄灭烽烟，用一个个计谋，为一个新的时代奠基，让生活重新走向山水田园，让月光重新照耀着故园的思念。

做这些时，他不再铺排修辞，不再修饰押韵，将菩萨心肠，更换成金刚雷霆，就如百丈漈的水，霹雳万钧，在毁坏，更在滋生；在怒吼，更在滋润。

责任，不在于文字，不在于歌吟；有时，是负重前进，是雷厉风行。

3

“中华第一高瀑”是一张天地赋予的名片。至于亭子、栈桥，还有花草，都是点缀，是自然的装饰。在这里，百丈漈长啸而下，将所有都丢给山，丢给大地。

百丈漈很淡然，面对所有的赞美；也很清廉，面对所有的赠予。

它所追寻的是山河如画，就如“千古人豪”并非刘伯温的追寻，而是一片田园丰茂着一片安宁，一片山河中盛开着一片歌声。

与伯温先生书

张抱岩

多年后，与你相见
时间的空头支票
被我们冒领着、使用着、作废着
类似你辅助的王朝崩塌更迭

古人的穷途末路，无非是受逼于
寺庙、纸张和黑洞的历史
我们这一次的狭路相逢
谁也没有取得最终的胜利

明月，空气，山河，时间
如同以往，依然裹挟着访客
尘世以地球为载体，以身体
消亡的事物都逃不出入土为安之宿命

我独自走进空山，四处张望
哪一棵仍承载万古愁
哪一片仍涌动臣子心

在文成，倾听素雅的风声

张恩浩

从兵荒马乱的元朝逃回故乡
刘伯温踩着云雾、花香、鸟鸣
登上铜铃山顶。然后
把春风铺开，开始
列阵，排兵
跟自己对弈、争锋

打江山比打铁容易吗？
他竟然携带着自己的
铁质、钙质、豪情
押上理想、身家性命
跟朱元璋一起
勾画信仰、江山、雷霆

站在波涛之上，他们
指挥千军、万马，用
一场战争平定另一场战争
用刀口之血，拯救众生
用吹落的月光，冷敷伤痛

终于，硝烟散尽
风平浪静

清澈的泉水在岁月深处
润色着新的风景

而我，还不肯罢休
在线装书里
跟古人饮酒、品茶
探讨人生。即使
大睁慧眼，也无法望穿
那明晃晃的野火
烧出的黑洞

700 年过去了
草木、粮食，和孩子
一再生长，一再茂盛，而那些
那些追赶真理，和
书写梦想的人
已成为新的英雄

此刻，漫步文成，我
品读着盛世、美景，静静地倾听着
素雅的风声

山居即景

张静

白色月亮还在金色山坡上
勤快的朝阳就提前上班了
树叶沙沙作响
季节虽然已届秋天
风还带着夏日的热情

一条泥土与石头的小路通向远方
野草长势良好，不知名的鸟儿
在林子里唱着歌
天真的好蓝

木屋里，妹妹正在陪爸爸妈妈喝茶
乐儿和如意跟他的哥哥在阳台上追逐
跑进跑出，不时地发出欢笑声

蜜蜂踩着悠闲的舞步
秋日蝉鸣无法阐释爱的疯狂
一只蝴蝶误入黑色栅栏
惊醒院门内的大黄狗，吠声不止
木牌上写着：重点保护区禁入

走进文成，阅读葱郁的风景

张林春

1

走进文成，回望千年历史
只是一支烟的工夫
更多时候，和所有的游人
眷注一位著名的人物
寻觅胸怀里的江山社稷
人世间的桑田沧海

2

风，从峡谷吹过山林、河流
大自然速写的画卷
在江南的春天徐徐铺开

3

潭连潭，瀑叠瀑
壶穴湍流不息的岁月
在万年时光里
迷人的歌声，醉了

无尽瑰丽的灵魂
让九寨沟多情的山水
安家落户在铜铃

4

风湖，独享整个天空
晨曦清脆的鸟鸣
不能让我醒来
月夜满溢的银光
不能使我酣睡
温驯的湖，宁静的湖
如一面透亮的镜子
映出独赏诗情的自己

5

造物主扬起梦幻之手
缔造出多彩的生命
春天有春天的鸟语花香
夏天有夏天的碧波荡漾
秋天有秋天的红叶传情
冬天有冬天的素裹银装
思绪穿透沉醉的心扉
许多美好的期待
摇曳每一个明媚的早晨

6

胜川的一朵云，飞过
青枝翠竹的头顶
伴随童心的呼吸
毫无顾忌地幽思默想

7

远离城市的浮华
桃溪竹海茫茫
憩息我尘世的灵魂
阳光下，一个人
望着向天抒情的竹
聆听拔节的声音
多么幸福

8

离开文成，脑海里
一个人长时间一次次回放
他植根于土地
以天下百姓为伴
在浩瀚的苍穹下
浑厚坦荡，挺拔天地
像苍翠朴素的铜铃山
垂范千古的精神。永生

百丈漈

张伟锋

百丈漈有三次落水
一次宽，一次深，一次高
但，无论怎样，都是垂落
都是向下

这真像，一个人登临山顶
一个人下至谷底。除了水
还是水本身。除了你
还是你自己

山水之间（组诗）

震杳

山水之间

山水是文成的一张请柬，顺着诗句
寄往人间
来到文成的人，发现文成在铜铃山曲折的栈道上
每一步，都有独特的风景
文成在飞云湖的碧波间，随着白鹭起落
文成，在红枫古道的叶片上，又长大了一岁

来到文成，百丈漈唱歌给你听
山水磅礴的心跳，溅湿了岁月的边角
夜晚，住在月光中，寂静是一顶阔大的帐篷
将尘世的喧嚣阻隔在外

文成在刘伯温的蓍草下，有着不同的命运
山水的王朝，从不衰败
文成采撷诗句，做自己的草木
文成在云雾间飘荡，对它的描摹难如画龙

到文成来赴一场山水的筵席，把时间投入流水
随百丈漈一起坠落，飞扬

山水之音

好山如铜铃，不仅有青绿的外表
还有青绿的声音
一条溪水，落入碧潭，洗去了云的尘埃
鸟鸣与虫吟，剥开行人的思绪

但更多，我听到的是寂静
一种干净的、深邃的、丰富的、唐诗的寂静
恒常如新。
走失多年的跫音，渐渐跟了回来

明月升起，铜铃山发出一声震颤
飞鸟随着星子，缓缓归来
山水让人永不倦怠
来到文成的人，都成了山水的一枚音符

百丈漈（组诗）

郑坤杰

百丈漈

这一波三折的一生啊
高处有蓝天白云
有纯粹的理想

低处，是一往无前的勇气
为了辽阔壮丽的风景
每一滴水都选择了奔赴

即使跌落，粉身碎骨
即使大海还那么遥远
有的水，面临干涸的命运
也不忘捡拾沿路细碎的星光

飞云湖

如果不是风
飞云不会在湖心搅动涟漪

如果小舟

突然发生了倾斜
那是你在岸上
回眸。春天就来了
漫山遍野的花
次第绽放

我在时光的湖里
写一首关于春天的诗
每一个字都带着
轻微的战栗

月老山

据我所知，月老为男性
年纪较大，应该是一位
聪明睿智的大爷
浑身散发着富氧的气息

他为人古道热肠
给世间的男男女女牵线
从来也没有听说过
他自己有老伴

月老山
有鸟语花香的孤独
就像西方的圣诞老人
从来不需要礼物

登铜铃山，在竹海边小憩（组诗）

周八一

登铜铃山，在竹海边小憩

慕白说：好山水都在文成
慕白又说：好诗人都在去文成的路上
慕白的话，就是一封
满含深情的邀请函！

来文成，上铜铃山，竹海深沉
松涛布阵，流泉飞瀑过滤的鸟鸣
如此令人心动！让人悄然忘却
人间的迷茫，人生的惆怅

走进曲折幽深的山道，累了
就在竹海边小憩，凝视这根根翠竹
淡然，宁静，向上
每一棵都特立独行，弥漫
绝世的芳香

那一刻，抒情是多余的
唯有摒弃言辞的虚妄、红尘的庸杂
在汹涌的绿波里，潜心沉默
化作新生的笋，重新练习竹子的修行

在细小的拔节声中，体验内心的
一阵阵悸动

徒步红枫古道

石阶曲折、悠长，延伸到山梁高处
天高了，眼阔了。内心的欢悦
像枫叶安抚季节的暖语，融入天籁
那么地恬静，安然而美好

棵棵古枫像静谧的守护神
在时光的风雨中站直了腰身
行走其中，灵魂的块垒，命运的苦寒
都被这一树树火红的焰火
悄然焚毁

我们沉醉在各自的忘情里
似乎看见隐藏在生活中爱的真谛
在不期而遇的命运的秋风中
如同这穿山过岭的纷纷红叶，向岁月
交出宿命的绯红

寒霜从身心里一粒粒败退
无言中凝望，山色苍茫，像万古
不变之心，孕育生命的静美和旷达
放眼更高远的地方，汹涌的红
又姗姗扶住醉倒的夕阳